新装版

Shelter《シエルター》

近藤史恵

祥伝社文庫

目次

序章

もしも、この世に神様がいるのなら。

わたしを許すよりも、罰を与えてください。


持てないほど熱い紙コップを手に、わたしは窓際の席に座った。

カプチーノに甘いシロップを少し。とりあえず、これがあれば、少しだけ気分が上向きになる。

舌が焼けそうな液体を啜《すす》り、そうしてため息をつく。

都会には、シェルターがたくさんある。ワンコインで、少しの居心地よさを与えてくれるカフェだとか、コーヒーショップだとか。

昔住んでいた土地は田舎《いなか》だったから、そんなものがなくて、家に帰るしかなかった。家は嫌いだったから、わたしは学校から、できるだけ遠回りして帰ったのだ。

もちろん、都会のシェルターだって、万全ではない。居心地よさが与えられるのは、ほんの短い間。それでも、ないよりはずっとましだ。

隣の席には、わたしよりずっと若い女の子が座っていた。十代、もしくは二十代になったばかり。なぜか童話の雪んこみたいに、ダウンコートのフードを深くかぶっていた。

フードからのぞく頬が、はっとするほど白くて、わたしは少しの間、彼女を見つめてしまった。

視線に気づいたのか、彼女がこちらを向いた。責めるような目で見られて、わたしは気まずく、視線をそらした。

「ねえ、おねえさん」

話しかけられて、驚いた。あわてて、彼女の方を向く。

「お金貸してくれないかなあ」

まっすぐこちらを向いた女の子は、目を見張るくらいきれいだった。通った鼻筋と、色素の薄い目、薄いのに形のいい唇。しばらく見とれて、彼女がなにを言っているのか、わからなかった。

「ねえ、お金貸して」

彼女は繰り返す。やっと、ことばを理解して、わたしは唖然《あぜん》とした。

「財布でも無くしたの？」

「まあ、そんな感じ」

唇を尖《とが》らせるようにして、彼女はそう言った。悪びれた様子もなかった。

初対面の人間に、お金を貸す人などいないだろう。それでも、わたしはなぜか突き放す気にはなれなかった。

「電車賃くらいなら、貸してあげてもええよ。家に帰るのに、いくらかかるん？」

彼女はその質問には答えず、スツールをまわして、本格的にこちらを向いた。

「おねえさん、大阪の人？」

「そう」

本当を言えば嘘《うそ》。今は大阪に住んでいるけど、生まれたのは大阪ではない。

大阪に住むようになってから、わざとわたしは、あの街のイントネーションを身につけた。それはまるで、砂糖と醬油《しょうゆ》で煮詰めるように、わたしの生まれた街の気配を消してしまうだろうから。

「ふうん……」

彼女は少し考え込むように首を傾《かし》げて、手の中の飲み物に口を付けた。この寒いのに、たくさん氷の入った冷たいコーヒー。

「いずみも大阪に行ったことがあるよ。近かった。飛行機で一瞬」

いずみ、という主語がなにを差しているのか、すぐにはわからなかった。彼女の名前だと気づいたのは、数秒後だった。

「でも、きっと、歩いて行くと遠いよね。何日もかかるんだろうな」

後のことばはほとんど独り言に近かった。わたしはカウンターに頬杖《ほおづえ》をついて、彼女をまじまじと見た。ちょっと変わった子なのかもしれない。

それでも、嫌な感じはしなかったし、さっさと席を立ちたいとは思わなかった。変わっているのはお互い様だ。

彼女は一瞬だけ、わたしを見上げた。どこか暗いものが宿る視線だった。だのに、次の瞬間、笑顔になった。

「おねえさん、名前、なんていうの?」

こういうとき、定番の台詞《せりふ》は、「そちらから先に名乗るのが礼儀でしょう」かな、なんて考える。でも、わたしはもう彼女の名前を知っている。

だから、笑って言った。

「めぐむ。江藤《えとう》恵《めぐむ》」

どうして、そんなことをしてしまったのかは、はっきりと説明ができないのだ。

ただ、このままではいけない。その気持ちが少しずつ熱してきて、ある日沸点に達した。それだけ。

理想を言えば、少しずつわたしの存在を、まわりにいる人たちから消していきたかった。ゆっくりと忘れられて、ときどき、「あの人、どうしているかな」と思い出してもらえる程度の、緩《ゆる》やかな温度で、立ち去りたかった。

なのに、衝動は唐突に起こって、わたしを駆り立てた。

いつだって、そうだ。わたしは自分の行動すら、制御することができない。

まるで、ポンコツの機械のように。

「おねえさん、どこまで行くの？」

彼女は店を出た後も、わたしについてきた。たったった、と軽快に走って、わたしを追い抜いては、少し足を止めて、待つ。

「帰るの」

「大阪？」

「まさか」

この近くに、滞在型の安ホテルがある。マンションの一室のような素っ気ない部屋で、電子レンジと冷蔵庫、洗濯機が備え付けられている。シーツの交換は週に一回。それでも仮住まいとしては上等だ。

わたしは、足を止めて鞄《かばん》を探った。

「千円あったら帰れるよね。これでいい?」

差し出した千円札を受け取らず、彼女は何度か瞬《まばた》きをした。上を向いた瞬間、フードがふわりと背中に落ちた。わたしは目を見張った。

あきらかに鋏《はさみ》で適当に切り刻まれた髪型だった。美容師の手で切りそろえられたのではない、ざんばらの、短い髪。

整った顔立ちと、その髪があまりに不釣り合いで、わたしは息を呑《の》む。

「帰れないの」

すがるような目で、彼女はそう言った。

「帰るところがもうないの。今夜、どこに泊まればいいのかもわからないの」

関わり合いにならない方がいい。心の中で、ひとりのわたしがそう囁《ささや》く。たとえば、わたしが男なら、これはある意味、幸運なシチュエーションかもしれない。けれども、わたしは男ではない。ただ、やっかいごとを背負い込むだけだ。

次の瞬間、わたしは言っていた。

「うちにくる？」

わたしはまた、説明のできないことをしでかそうとしている。

第一章　小松崎《こまつざき》

人間が、いちばん舞い上がってアホになるのは、恋をして、その恋が成就《じょうじゅ》したときではないだろうか。

ほかに、同じくらいアホになるときがないか、考えてみたが、思い浮かぶのは宝くじの一等や万馬券が当たる、という可能性くらいか。しかし、恋愛のときの、世界がロゼのシャンパンに浮かんでいるような高揚感とは、また違う気がする。

そうして、もっかのところ、ぼくは、アホまっしぐらである。

いつも無理難題をふっかけてくる編集長さえ、神父様のように慈悲深く見えるし、ラーメンを出前してきた中華屋の店員にまで、感謝のあまり抱きついてキスをしたい気分である。

ぼくが働いているのは「週刊関西オリジナル」という週刊誌の編集部で、ちょうど、今は毎週の入稿日前。当然、まわりは殺気立っているが、今のぼくの気分は薔薇《ばら》色である。

机に置いた携帯が、かすかに音を立てた。猫が鰹節《かつおぶし》に飛びつくように、ぼくは携帯に飛びついて、電話に出た。

「……もしもしっ！」

「……ぁ」

電話の向こうの声は、少し驚いたように震《ふる》えた。ぼくがそんなに急に出るとは思っていなかったらしい。

だが、そのかすかな声でもわかる。電話の向こうにいるのは、ぼくの待ち焦《こ》がれていた人だった。

「あ、歩《あゆむ》ちゃん？」

「うん……小松崎《こまつざき》さん、まだ仕事？」

ぼくは机の上に広がった校正刷りを、怨《うら》めしく見下ろした。

「ああ、今夜はたぶん泊まりやと思う」

「大変だね……でも無理しちゃ駄目だよ」

そのことばは、二千円の栄養ドリンクよりも効《き》く。ぼくは大きく頷《うなず》いた。

「歩ちゃんも忙しいんだろ。身体壊さないようにな」

「うん、でも、わたしはそれほどじゃないよ。もう家に帰ったし、これからお風呂入って、寝るし」

ぼくはなるべくさりげなく聞こえるように尋《たず》ねた。

「飯は？　食った？」

「うん、食べた。大丈夫」

かえってきた声が、ひどく柔らかくて、ぼくの頬も自然に緩んでしまう。

「じゃ、お仕事の邪魔になるから、もう切るね」

ぼくはあわてて、携帯を握り直した。わずかな吐息ですら、聞き逃したくなかった。

「じゃあ、おやすみ。歩ちゃん」

「うん、小松崎さんも、頑張ってお仕事してね」

切るね、と言っても、彼女は自分から、決して受話器を置こうとはしない。ぼくは息を吐いて、携帯電話を切った。

少し寂しいような、それでいて幸せな感覚。

こういう他愛のないことで電話ができるのは、恋人になった証拠である。

そう、今電話をかけてきたのが、ぼくの「彼女」。そう、彼女である。ああ、世界中の人に言いふらして歩きたい。可愛くて、優しくて、繊細《せんさい》で……たしかにちょっと料理は下手だが、それを補って余りあるほど魅力的な、ぼくの彼女。

告白して、それを受け入れてもらったのが、一カ月ほど前。蜜月《みつげつ》期間ともいえる時期なのだが、そんなときに限って、彼女もぼくも仕事が滅法忙しくなってしまった。

時間のあるときに、こんなふうに電話をかけ合ったり、ときどき外で食事をしたりはしているのだが、デートらしいデートなどは不可能な状態である。

まあ、ずっと好きだった女の子に、受け入れてもらえたのだから、贅沢《ぜいたく》を言っては罰《ばち》が当たる。

自分が思いっきりにやけた顔をしていることに気づいて、あわてて表情を引き締めた。

「おい、雄大《ゆうだい》！」

編集長の声が飛んできて、ぼくは肩をすくめた。どうやら、気づくのが遅かったらしい。

「ええ身分やなあ。彼女に電話か」

「『彼女に』電話じゃなくて、『彼女から』電話ですよ」

一応、抗議してみる。ぼくから電話をかけたわけではない。出版業に関わる者として、日本語はきちんと使わなければならない。

「アホか、どっちでも一緒じゃ。緩《たる》んだ顔しくさって」

編集長は、ふん、と鼻を鳴らした。

「ああ、ええなあ。若いもんは。じゃらじゃらしてるだけで、楽しいんやもんなあ」

がっくりと椅子にもたれて、聞こえよがしに呟《つぶや》く。

「ええやないですか。編集長や、みんなかて、奥さんから電話かかってくるやないですか」

「アホか、小松崎」

今まで黙って原稿に赤を入れていた、隣の席の沢口《さわぐち》が、いきなり声をあげた。

「彼女からの電話は、そりゃあうれしいやろ。でも、嫁はんからの電話は、むしろ恐怖や」

「なんでやねん」

沢口の嫁さんは、なかなかの美人である。たまに家に遊びに行くことがあるが、清楚《せいそ》な雰囲気に似合わず酒豪で、とても感じのいい人だ。怖いという印象など、まったくない。

「おまえにはわからん。いや、そのうちわかるやろうけどな」

なぜか編集長までも、うんうん、と頷いている。

そりゃあ、怖い奥さんもいるだろうが、そんなのはごく一部だろう。もし、ぼくが歩ちゃんと結婚することがあったとして、彼女のことを怖いと思う日がくるとは、とても思えない。

いや、まだ結婚のことなど考えるのは、早すぎるとわかっているけど、たとえばの話、たとえばの話で……。

「おーい、小松崎ーっ」

沢口にぺしぺしと額《ひたい》を叩《たた》かれて、ぼくははっと我に返った。脳裏にエプロン姿でにっこり微笑《ほほえ》む歩ちゃんの姿があったことは、内緒である。

「まあ、今がいちばん、ええ時期やぞ。せいぜい今のうち、思い出を育《はぐ》むことやな」

にたにたと笑う沢口に背を向けて、ぼくは原稿に目を落とした。

そうしたいのは山々だが、こう忙しいとデートの時間も取れない。そのうちに、愛想を尽かされてしまうのではないかと心配である。

視線を落とすと、携帯につけたストラップが目に入った。大の男が持つのには、少し恥ずかしいような、パンダの編みぐるみがくっついている。歩ちゃんがくれたものだった。パンダの少し困ったような顔は、彼女に似ていて、ぼくは自然と笑顔になった。

先のことなど考えても仕方がないのだから。


結局、その日は朝まで家には帰れなかった。

身体の中の血が、淀《よど》んで滞《とどこお》っているのがわかる。身体は疲れているのに、やたら精神だけが高揚しているような、妙な状態だ。

なぜか徹夜明けの疲れは、他の疲労感とはまったく違う。このまま家に帰っても、すんなりと眠れそうにない。

幸い、無事に朝一で入稿は終わった。こんなときは、あそこへ向かうに限る。

先ほどまでの殺気だった気配が嘘のように、人の少なくなった編集部を見回すと、ぼくは大きく伸びをして、立ちあがった。

バックパックを背負い、携帯をジーンズの後ろポケットに突っ込んで、部屋を出る。

足取りが自然に軽くなるのを抑えられなかった。

目的の場所は、会社から、歩いて十分ほど。

平日の午前中だから、心斎橋《しんさいばし》筋にもそれほど人はいない。すいすいと歩いて、目的地に向かう。

見慣れた通りを歩いて、雑貨屋の角を曲がる。道順は足が覚えている。

飲み屋やスナックが入った古ぼけた雑居ビル。はじめての人なら素通りしてしまいそうな小さな入り口から入り、エレベーターに乗り込む。

押すのは最上階のボタンだが、まだそこが目的の場所ではない。最上階から非常階段で屋上へと上る。

ビルの谷間で、風が渦を巻くような小さな屋上。まわりのビルは、ここよりも高いから、屋上ゆえの開放感すらない。そこに、建っている小さなプレハブが、ぼくの目的地だった。

「接骨・整体　合田《ごうだ》接骨院」

どこからか拾ってきたような、廃材の看板に、黒々とした墨でそう記されている。横には申し訳のように小さな「保険診療あり」という札が掛かっている。

ぼくは、大きく息を吐いた。徹夜明けだから、どうせしょぼくれた顔になっているだろうが、一応髪を整えてから、引き戸を開けた。

「ちーっす」

「あ、小松崎さん！」

か細いけど、弾《はず》んだような声で、歩ちゃんが振り返った。

「仕事は、もう終わったの？」

「ああ、さっきね」

マシュマロみたいにふっくらとした、色白の頬。ちょっとだけ下がった目尻、セミロングを無造作にまとめた、尻尾《しっぽ》のような髪型さえ可愛くて、自然にぼくは笑顔になる。

なによりも、歩ちゃんが、ぼくの顔を見て、微笑んでくれることがいちばんうれしい。

ぼくの彼女である（あえて、強調して何度も言いたい）歩ちゃんは、この合田接骨院の受付嬢である。暖房と言えば古い石油ストーブがあるだけの、こんなプレハブで、寒くはないのかと心配だが、彼女はいつも楽しげな笑顔で働いている。

とかいうと、まるでぼくが彼女目当てに、ここに通っているようだが、それだけではない。いや、もちろん彼女に会いたいというのも大きな理由なのだが。

「疲れたでしょ。先生、さっきふらっと出て行っちゃったんだけど、すぐに帰ってくると思うから」

「いや、もう今日はこれから帰るし、別に急いでないから気にしなくていいよ」

そう言って、待合室の破れたソファに腰を下ろす。

加湿器代わりにストーブの上に置かれた、アルマイトのやかんを、歩ちゃんはよっこらしょ、と持ち上げた。

「じゃあ、紅茶淹《い》れたら飲む？」

「飲む飲む」

マグカップに直接ティーバッグを入れただけの、簡単な紅茶。それでも、この待合室で飲む紅茶は、どんな高級ホテルのティールームで飲むよりもおいしく感じられるのだ。

「はい、小松崎さん。熱いから気をつけてね」

彼女が笑顔で差し出すマグカップを受け取った。あたたかい湯気と、その向こうの歩ちゃん（しつこいがぼくの彼女だ）の笑顔。それだけで、温泉に入ったように疲労感が溶けていくのがわかる。

彼女も、自分のカップを手に、ぼくの隣に座る。

「あ、あのさ……」

前々から言おうと思っていたことを、切り出そうとする。でも、「なあに？」と目で問い返されて、ぼくはことばに詰まってしまった。

「い、いや、紅茶、おいしいね」

「そう。でも、スーパーで買った特売のティーバッグだよ」

彼女はそう言ってから、紅茶を一口飲んだ。にっこりと微笑む。

「うん、おいしい」

……可愛い。

この瞬間、ぼくはこの世に存在するすべての神や仏に感謝したい。歩ちゃんを、この世に誕生させてくれてありがとう、と。

「あ、あのさ。歩ちゃん……」

「え？」

勢い込んで、話そうとしたとき、目の前の扉が開いた。

「うー、寒、寒。なんや、小松崎、きたんか?」

白衣のポケットに手を突っ込んだまま、合田力《りき》先生が中に入ってきた。なんともいえないタイミングで現れる人である。

年の頃は、三十四、五歳。修行僧のように短く刈った髪、ポケットからのぞく手首は、骨だけみたいに細い。冷えた身体を温めるように、肩をまわしながら、ストーブの前にきた。

「二月言うたら、暦の上ではもう春やけど、やっぱ曇りの日は、まだ冷えるなあ」

そんな時候の挨拶《あいさつ》のようなことを言いながらも、白衣の上に羽織っているのは、ぺらぺらのジャケット一枚で、しかも椰子《やし》の木の模様である。季節はずれにもほどがある。

なんとも胡散臭《うさんくさ》い見かけだが、彼こそが、合田接骨院の院長(といっても、施術《しじゅつ》をするのは彼ひとりなのだが)、合田力先生である。

口は悪く、あくまでも無愛想だが、この先生の整体を受けるようになってから、すこぶる体調がいい。職業柄、どうしても不規則な生活になってしまうぼくにとっては、ある意味、救いの神のような人である。性格が突拍子《とっぴょうし》もないことをのぞけば。

「先生、どこへ行ってたんですか?」

力先生の脱ぎ捨てた椰子の木ジャケットを、ハンガーにかけながら、歩ちゃんが尋ねる。

「ん、コンビニ」

それを聞いて、驚いた。力先生とコンビニというのが、どうしても結びつかない。なんというか、裏の畑で作った野菜と、玄米だけ食べているような印象がある。

「なに買ったんですか？」

そう尋ねると、肘《ひじ》にかけた袋を開いて見せた。中には半分に切られた葱《ねぎ》が一本入っていた。

「なんや、コンビニに行ったというから、カップ焼きそばでも買ったかと思ったのに」

「なんで、そんなに限定して思うねん。そんなもんばかり食っているのは、おまえやろ」

うっ、と返事に詰まる。先生は、机の抽斗《ひきだし》から、鋏《はさみ》を取り出すと、それで葱をじゃきじゃき刻みはじめた。豪快である。

その後、湯呑みに、刻んだ葱と冷蔵庫から出してきた梅干しを入れ、それにやかんのお湯を注《そそ》いでいる。

「それ飲むんですか？」

「そう」

妙なものを飲む人である。しかし、それが力先生の主食だと言われても、なんとなく納得してしまいそうだ。

ふと、思いついて尋ねた。

「先生も、肉とか食べるんですか」

「たまにはな。食いたいときには、食うよ」

「なんだ」

湯呑みの葱・梅干し湯を啜っていた先生は、不審そうに目を細めた。

「いや、なんか先生、野菜食えとか、よく言うから、菜食主義者なのかなあと思って……」

先生は考え込むような表情で、首をぐるりとまわした。

「んー。まあ、どちらかというと、そっちに偏《かたよ》っているかもしれんけどな。だからといって、肉や魚をまったく食べへんわけやない。人間が、雑食動物になったのも、それなりの理由があってのことやからな」

「はあ……」

「自分の身体が欲しているものは、自分の身体に聞けばわかる。肉が食べたいときは食う。それだけや」

なるほど、便利なものである。ならば、ビールなども、自分が飲みたいときに、飲みたいだけ飲んでいいわけか。感心していると、じろりと睨《にら》まれた。

「だからといって、自分が不摂生しとる言い訳を、身体のせいにするのはあかんぞ」

どうやら考えていたことがばれたらしい。肩をすくめると、歩ちゃんがくすくすと笑った。

湯呑みを置いて、力先生が立ちあがった。

「少し疲れているみたいやな。どうせ、また昨夜、寝てへんのやろ。少し調整しておくか？」

今の状態を簡単に言い当てられて、ぼくは頷いた。

「お願いします」

薄いカーテンで区切っただけの、診察室に入り、Tシャツと短パンに着替える。狭いベッドに横たわると、すぐに力先生が入ってきた。

まず、最初に瞼《まぶた》を掌《てのひら》で覆《おお》われた。ほどよい圧力と温かさが、目のまわりの筋肉に伝わる。そうされてから、はじめて、自分の目がひどく疲れていることに気づいた。

心地よさは目から、頭の芯《しん》まで伝わっていく。

つぎにこめかみを強く押された。痛いような不快な感覚が一瞬あったが、すぐにその痛みが気持ちよくなる。

力先生の指が、ぐいぐいと頭を押していく。それだけで身体の表面の強《こわ》ばりが、すべて溶けていくようだった。

「歩のこと、悪いな」

ぼうっとしていて、いきなりなにを言われたのか、理解できなかった。

「あんまり会う時間がないやろ」

「え、ええ……いや、でも」

力先生が、ぼくと歩ちゃんのことを、心配してくれていることに気づいて、ぼくはあわてて、首をぶんぶんと振った。

「こら、動くな」

「あ、す、すみませんっ」

指が首の付け根に移動する。ぐりぐりと指の腹で、疲れの元を押しつぶされるような感覚。

「恵が急に、あんな気まぐれを起こさへんかったら、もっと歩に休みをやれたんやけどな」

「い、いえ……」

合田接骨院にはもうひとり、恵さんという受付嬢がいる。歩ちゃんのお姉さんで、そして、彼女もなかなか魅力的な女性である。歩ちゃんとはまったく雰囲気が違うけれど。

普段は、ふたりで交代に休みを取っているのだが、二週間ほど前、恵さんが急に、旅行に行きたいと言いだして、休暇を取ってしまったらしい。

そのせいで、歩ちゃんは、接骨院が休診である日曜日しか休めなくなってしまったというわけだ。

「でも、ぼくも今、仕事が忙しくて……たぶん、歩ちゃんが休みでも、あんまり会えないですし……」

背筋に添って下りていく指が気持ちよくて、声がとぎれとぎれになる。

「そうか。じゃ、恵が帰ってきて、おまえの仕事が暇《ひま》になった時期に、歩に休みをやるから、一緒に旅行でも行ってこい」

思いもかけないことを言われて、ぼくはがばっと飛び起きた。

「りょ、旅行なんて、そ、そんな！」

「動くな、言うたやろうが」

後頭部をはたかれて、またベッドに俯《うつぶ》せになる。だが、まだ心臓がばくばくしている。

旅行になんて誘ったら、まるで下心があるみたいではないか。そう思ってから、気づく。歩ちゃんは、もうぼくの彼女なのだから、それは下心というのではなく、きわめて健全な心理なのかもしれないけど。

そう、ぼくと歩ちゃんは、恋人になったとはいえ、まだそこまで辿《たど》り着いていない。ぼくだって、普通の二十七の男であって、初《うぶ》な中学生などではないから、深い関係に持ち込む手順くらいわからないわけではない。だが、歩ちゃんが、男性に対して恐怖心を抱いていることを知っているから、どうしても積極的になれないのだ。

何カ月か、何年かかかっても、いつか自然に事が進めば、それでいい、と考えている。でも、もちろん、歩ちゃんがかまわないと言ってくれるのなら、今すぐにでも……。

「おーい、小松崎」

いきなり、間の抜けた声で呼びかけられて、はっと我に返った。見上げると、先生がにやにや笑いながら、ベッドの脇に立っていた。

「もう、終わったぞ。あんまり目を酷使するんやないぞ。ふたつしかないんやから、大切にせえ。たったふたつやぞ、ふたつ」

「……はあ……」

ぼくはのろのろと起きあがった。さきほどまでの、血が淀んで滞ったような感覚は、もう少しも残っていない。身体の中を、風が吹き抜けていくように爽快《そうかい》だ。

施術室を出ると、受付に座っている歩ちゃんと目があった。さっきの会話を聞かれたかと思うと、心臓がきゅっと縮まる。

料金を払っていると、奥から力先生の声がした。

「歩、今のうちに休憩行っとけやー。午後から忙しくなるやろ」

「はーい」

歩ちゃんは、少し恥ずかしそうな顔で、返事をした。恥ずかしい気持ちはわかる。まわりの人たちが、ぼくらの関係に気を使ってくれていると感じるのは、うれしくも照れくさい感覚である。それが、あの、いつも無愛想で気まぐれな、力先生ならなおさらだ。

歩ちゃんが白衣の上にコートを羽織るのを、ぼくは引き戸のそばで待っていた。並んで外へ出る。

「ちょっと早いけど、昼飯、食うだろ？」

「うん。そのための休憩だからね。でも、小松崎さん、徹夜明けで疲れているんでしょ。わたしにつき合わないで、帰っていいよ」

気を使うようにぼくの表情を見る歩ちゃんに、笑いかける。

「いや、ぼくも朝飯食ってないし、腹減ったから」

それに、きみと一緒にいたいし。

さすがに口に出すのは恥ずかしいが、心で付け加える。

不思議なのは、その口に出さないことばまで、歩ちゃんに伝わっているような気がすることだ。彼女は面映《おもは》ゆそうに、目を伏せて微笑んだ。

雑居ビルのそばの、カフェにふたりで入る。

まだ、十一時半だから、店内はそれほど混んでいない。窓際のふたりがけの席に座って、ランチプレートを注文した。

「恵さんって、いつ頃帰る予定?」

注文をすませると、ぼくはまだメニューを眺めている歩ちゃんに尋ねた。彼女は少し考え込むように、首を傾げた。

「うーん、わかんない。でも、いつもなら二、三週間で帰ってくるんだけど……」

たしか、中国へ行ったと聞いている。日程も決めず、気の向くままの旅だなんて、羨《うらや》ましい限りである。そして、そんな予定で休暇を与える力先生は、やはり変人だと思う。

「恵さん、よく旅行に行くの?」

「いつも」ということばが、引っかかって尋ねた。

「うん。お姉ちゃん、アジアが好きだからね。よく、あっちこっち行ってる」

歩ちゃんは、なにかを思い出すように、くすりと笑った。

「いつもね、鞄になんにも詰めないで出かけて、ぱんぱんに膨《ふく》らんだ鞄を持って帰ってくるの。変わった物をいつも買ってくるんだよ」

「変わった物って？」

「その国のお弁当箱とか、聞いたことのないスパイスだとか、蓋《ふた》ができるホーローのマグカップとか……。どんな基準だかわからないけど、お姉ちゃんが素敵だと思ったものじゃないかな。たぶん、今回もいろいろ買ってくるよ」

恵さんが、そんなに旅行好きだとは知らなかった。けれど、彼女が、アジアの乾いた大地に立っている姿は、不思議と簡単に想像できた。

少年のようにすらりと細い手足を、どこかもてあますようにしながら、身体に不釣り合いなほど大きなバッグを抱えて、バスを待っていたりするのだろう。

恵さんには、たしかにアジアが似合うかもしれない。

ふいに、歩ちゃんは小さくため息をついた。

「お姉ちゃんみたいに、ひとりでどこにでも行けるのって、羨ましいな。わたし、知らないところに行くのって、なんか怖くって……。旅行に行きたいなんて、そんなに思わなかったし」

「あ、そうなんだ」

彼女は、膝《ひざ》の上に載せた小さなバッグをきゅっと握りしめた。

「でも……もし、小松崎さんさえよければ、どこか行ってみたい」

はっとして、ぼくは彼女の顔を見つめた。先ほどの力先生との会話は、やはり歩ちゃんにも聞こえていたのだろう。

彼女は、緊張したように息をひそめて、ぼくの返事を待っていた。ぼくは頷いた。

「じゃあ、ぼくも休み取るから、どこかに一緒に行こうよ」

彼女はほっとしたように、息を吐いて笑った。

「どこに行く？　やっぱり海外？」

「ううん。いきなりは、ちょっと怖いから、国内で……。東京だって、高校の修学旅行で行ったきりだし、それより北は、全然。九州も行ってないし……」

思い出すように、指を折る歩ちゃんを見ながら、考えた。もし、少しでも彼女が前向きになるきっかけに、ぼくがなれるとしたら、こんなにうれしいことはない。

どんなものからも彼女を守る、だなんて、かっこいいことは言えないけど、せめて、彼女が、怖くないものまで怖がらなくてすむように。

もちろん、一緒に旅行に行きたい、と言ってくれたからといって、それが即、「全部OK」というサインだとは思っていない。

旅行に行くとしても、ホテルは別々の部屋を取るつもりだし、紳士的な行動を心がけるつもりだ。

でも、もしも。もしも、の話だ。

そういう雰囲気にならないとも限らないし、そうなったからには、無様《ぶざま》に狼狽《ろうばい》するところなど、見せたくはないではないか。

そんなことをぐるぐると考えてしまい、家に帰ってからもあまりよく眠れなかった。

具体的なことは、なるべく考えないようにしたが、それでも、なんとも悩ましいような、もやもやした気分がまとわりついて離れない。

結局、昼間はぼんやりしたまま、夜になり、やっと、うとうととしはじめた頃だった。

いきなり電話が鳴って、叩き起こされた。

寝返りを打って耳を塞《ふさ》ぐ。時計を見れば、まだ夜の九時だから、非常識な時間ではない。だが、ちょうど眠れそうになったときの電話には腹が立つ。

しばらく布団をかぶっていたが、呼び出し音は鳴りやまず、渋々受話器を取った。

「はい」

思いっきり、不機嫌な声を出す。

「あ……小松崎さん？」

歩ちゃんの声だった。眠気が一瞬で、吹っ飛んだ。

「ごめん……寝てた？」

申し訳なさそうにそう言う。ぼくはあわてて、へらへらと笑った。

「いや、そんなことないよ。さっきまで充分寝て、今起きたところ」

「あのね……小松崎さん……」

まるで、泣き出す前みたいに、震えた声だった。受話器を握る手に力が入った。

「どうしたの？　歩ちゃん」

「今ね、お姉ちゃんの部屋にきてるの……少し用事があって……」

歩ちゃんはなにを言おうとしているのだろう。ただならぬ雰囲気を感じて、ぼくは背筋を正す。

「合い鍵は持ってたから、勝手に中に入って……そしたらね……お姉ちゃんのパスポートが、テーブルの上にあったの。ねえ、どうして……」

「え……？」

恵さんは、中国に行ったと聞いたはずだ。それなのに、どうしてパスポートが残っているのだろう。

「期限の切れたのとか、そういうのじゃなくて？」

「ううん、違う。今の。何度も確かめたもの……」

ぼくは息を呑む。パスポートなしで、日本を出られるわけはない。

歩ちゃんの声が、悲痛な響きを帯びる。

「ねえ、お姉ちゃん、どこへ行ったの？　どうして嘘なんかついたの？」

ぼくは受話器を持ったまま、戸惑っていた。

恵さんに、いったいなにが起こったのだろう。

第二章　恵《めぐむ》

足先が冷たくて、目が覚めた。

カーテンの隙間《すきま》から、曇ったような光が差し込んでいる。わたしはのろのろと起きあがった。

手を伸ばしてカーテンを引くと、部屋の中が明るくなる。晴れの日のまるで殺菌されるような明るさとは違う、薄曇りの光。それでも闇は駆逐《くちく》され、少しずつ頭ははっきりしてくる。

「ううん……」

いきなり、自分以外の声がして、わたしは息を呑んだ。同時に記憶が戻ってくる。

ベッドの隅で、彼女は丸くなって眠っていた。眩《まぶ》しいのか、毛布を頭からかぶる。

「そういえば、拾っちゃったんだっけ……」

小さく声に出して、呟いた。誉《ほ》められたことではないが、相手が男なら、まあ、よくある状況と言ってもいい。だが、女の子なんて連れ込んだのははじめてだ。

床には、昨日飲んだビールの缶が、散らばっている。焼き鳥の缶詰や、さきいかの袋も置いたままで、なんだかむさくるしい風景だ。

「名前、なんて言ったかな……」

また独り言。考えを口に出してしまうようになったのは、ひとりで暮らしはじめてからだ。まだ、家族と住んでいたときには、独り言を言うなんて考えられなかった。

彼女の髪が、動物の毛のようにぽさぽさと、毛布からのぞいている。わたしは膝の上に、顎《あご》を乗せて、これからどうしようかと考える。

「男なら、楽なんだけどな」

連絡先を聞いてくれれば、適当に嘘を教えて別れる。もしくは聞いてこないことも多いから、そういう場合は、にっこり笑って、お互い二度と会わない。難しいことなんか、考える必要などない。それで万事オッケー。

「そういうわけにはいかないよね」

だいたい、彼女がどんなつもりで、わたしについてきたのかさえもわからない。

時計は九時をまわっている。わたしは起き出して、バスルームに向かった。シャワーを浴びながら、この先のことを考えるつもりだった。

パジャマを脱ぎ捨て、蛇口を捻《ひね》る。少し熱すぎるお湯が、寝起きで淀んだ頭を叩き起こしてくれる。

（わざと、考えることをやめてるやろ。おまえ）

そんな声が急に頭に響いた。力先生に言われたことばだった。あれはいつだっただろう。たぶん、先生に会ったばかりの頃のことだ。

わざと考えないわけではない。考えれば考えるほど、どんどん深みにはまっていくような気がするのだ。考える前に動けば、結果はすぐに見える。

わかっている。それはただの言い訳だ。けれども言い訳でもしなければ、こんな自分を好きになれるはずがないではないか。

皮膚が赤く染まり、湯気が上がりはじめる。わたしはシャワーを止めて、バスタブから出た。

服を着て、ドアを開けた瞬間、わたしの鞄を探っている彼女と目があった。彼女ははっとして、鞄から離れた。

「あの……っ、煙草、持ってないかと思って……っ」

「持ってへんよ」

不思議なことに、動揺もしなかったし、腹も立たなかった。迷っていたところ、道を教えてもらったような気分だった。

髪を拭《ふ》きながら、パジャマと昨日の下着を、備え付けの洗濯機に放り込んだ。

「わたしの服も、一緒に洗ってくれない?」

そう尋ねられて、顔をあげた。

「駄目。あんたはもう帰りなさい」

彼女の顔がぱっと、朱に染まる。

「だから、さっきは本当に煙草を探してたんだって。なにか盗《と》ろうとしたんじゃないってば」

「それでも、勝手に鞄を触られるのは嫌い」

「それは……謝るけど……」

わたしは、それには答えず、洗剤を入れて洗濯機のスイッチを入れた。

彼女は、パーカの裾《すそ》を引っ張りながら、わたしの顔を覗《のぞ》き込んだ。まるで、媚《こ》びるような表情が憎たらしい。

「おねえさん……怒ってる?」

わたしはがたがたと音を立て始めた洗濯機にもたれて、彼女を見た。

華奢《きゃしゃ》で、小さくって、きれいな顔の女の子が、しょぼんとうなだれているところは、たしかに庇護《ひご》欲をそそらなくもない。鋏の跡も生々しい、ざんばら髪なら、なおさらだ。

昨日、ビールを飲みながら、わたしは一度、「その髪、どうしたの?」と聞いてみた。

彼女は聞こえないふりをした。

「別に怒ってへんけど、そんなに深入りするつもりもないの。帰りの交通費ぐらいはあげるから、もう帰りなさい」

彼女はきゅっと唇を噛《か》んだ。

「帰るところなんか、ないもの」

わたしは、わざとらしくため息をついた。

「なにがあったのかは知らへんけど、ともかく、わたしよりも頼れる人がいるでしょ。家族とか、友達とか。女だから、油断しているのかもしれへんけど、知らない人を当てにしすぎると、えらい目に遭《あ》うかもしれへんよ」

彼女はなにも言わなかった。ただ、下を向いてパーカの紐《ひも》を弄《もてあそ》んでいる。

洗濯機の、規則正しい音だけが部屋に響いた。

沈黙が重苦しくなって、わたしは口を開いた。

「ファミレスに行こ。朝ごはんくらいはおごってあげるよ」

ホテルの一階は、系列のファミリー・レストランになっていた。

わたしは彼女の先に立って、店内に入り、窓際の席に座った。

彼女は、黙ったまま、わたしの向かいに座る。すでに顔見知りになったウェイトレスに、モーニングセットを注文した。

ウェイトレスが去っても、彼女は口を開かなかった。ただ、下を向いて、パーカのカンガルーポケットに手を突っ込んでいる。

嫌な予感がした。さっき、彼女に出て行けと言ったのは、脅《おど》しではない。本気で出て行ってもらうつもりだ。けれども、こうやって、向かい合っていると、そんな決心などは、うまくごまかされてしまうような気がした。

たぶん、わたしは、しょんぼりと下を向く彼女に同情してしまっている。

悪い傾向だ。そう考えて、わたしはグラスの水をごくりと飲んだ。

薄いトーストと、トマトを添えた卵料理、味のないコーヒーなどが目の前に運ばれてくる。わたしたちはもくもくと、それを胃の中に流し込んだ。

「わたし、ね」

彼女はふいに、口を開いた。彼女の声は、かすかに媚《こび》を含んで甘い。その舌っ足らずな口調を聞くたび、かすかな苛立《いらだ》ちを感じた。

「わたし、殺されるかもしれない」

わたしは口の中のトマトを噛みつぶし、そうして呑み込んだ。

彼女のことばに、驚いたのか、驚いていないのか、自分でもわからなかった。たしかに、びっくりしたのは事実だけど、心の中で、もうひとりの自分が笑いながら言っていた。

（ほら、ごらん。簡単に追い出すことなんて、できないんだって）

「それは、どういうこと？」

できるだけ冷静に尋ねたのに、彼女はまた貝になる。

「きちんと説明してくれへんかったら、わからへんよ」

そう言いながら、わたしは心で笑う。本当に放っておくつもりなら、問いつめなければいいのだ。

トーストの、最後の一かけを口に入れて、コーヒーで流し込んだ。それから立ちあがる。

「そういうことは、警察に相談しなさい」

「待って！」

すがるような目で、彼女はわたしのコートの裾をつかんだ。

「殺されるかもって言うのは……言い過ぎかもしれないけど……っ、わたし、帰りたくない。帰るの怖い……っ」

彼女は、華奢な指が青くなるほど、コートの裾を握りしめて、わたしの返事を待っていた。

わたしは心の中で、深いため息をつく。

こういう予感はいつも当たるのだ。


部屋に戻ると、彼女はぐったりとしたように、ベッドに横たわった。

どこか、物憂《ものう》いような、不思議な仕草だった。もともと、そういう、気怠《けだる》い感じの女の子なのかもしれないけど、少し、その仕草がわたしの気にかかった。

「どうしたの？　疲れているの？」

「そういうわけじゃないけど……」

セミダブルのベッドでふたりで寝たわけだから、ゆったりというわけではなかったけれど、昨夜彼女は、気持ちよさそうに眠っていた。多少の疲れなら、取れているだろう。

「なんかだるくて」

そう言う彼女に近づいて、額に手を当てた。かすかな熱を感じて、わたしは眉《まゆ》をひそめた。

「風邪やない？」

高熱というわけではないが、明らかに平熱ではない。三十七度以上はあるだろう。

わたしの質問に、彼女は首を横に振った。

「違うの。わたし、いつも、そのくらいの体温なの」

「え？」

驚いたわたしに、微笑んで、彼女は枕に顎を乗せた。

「十歳くらいから、ずっとそう。熱を計ると、三十七度二分とか、三分くらいあって、でも、別に病院に行っても、なんともないって言われるの。だから、わたし、そういう体質なんだと思う」

「そうなの……」

だが、彼女の目は潤《うる》んで、かすかに充血している。わたしの目には、微熱でぐったりしているように見えた。

さっき、彼女が口走ったことばを問いつめようと思ったのに、そんな彼女の様子を見ていると、なんだかそれもやりにくくなる。

彼女は、苦しげに息を吐くと、目を閉じた。

「おねえさん、少し、寝てもいい？」

せめてもの意趣返しに、わたしはつっけんどんに言った。

「勝手にしなさい」


妹とわたしは違うのだ、と考えはじめたのは、いくつのときだっただろう。

妹とは二つ違いだから、妹がいない頃なんて覚えていない。気がつけば、ずっとそばにいて、うるさくて、うっとうしくて、でも、寝るときはずっと一緒だったり、離れると寂しかったりした存在。

母親が留守のとき、寂しくて愚図《ぐず》りはじめた彼女を、ぎゅっと抱きしめていたことを覚えている。

つきたてのお餅《もち》のような柔らかくて、ほのあたたかい幼児の身体。そのときのわたしだって、幼児だったはずなのに、妹の身体の感触だけが、ひどくリアルに記憶の中に刻み込まれている。

もちろん、そんないいお姉さんだったばかりではなく、苛《いじ》めて泣かせたことも数え切れないほどある。記憶は都合のいいところばかりを選《え》りすぐって残している。

そういえば、母に連れられて買い物に行ったとき、妹とふたりで迷子《まいご》になったこともあった。妹は、母が見つからないと知った瞬間に、声をあげて泣き出した。わたしだって、泣きたかったけど、妹に先に泣かれてしまったら、泣けなかった。

慎重に行けば、家には帰れると思った。だから、わたしは妹の手を引いて歩き始めた。夕方頃だった。家へ続く坂道が、炙《あぶ》られたように赤く染まっていて、そのなかをわたしは妹の手を握りしめて歩いた。

妹の手は発熱したように熱かった。白玉みたいに弾力のある手を握って、わたしは立ち止まることなく、まっすぐに歩いた。

気がつけば、妹は泣きやんでいた。ただ、わたしの手を思いがけない強さでぎゅっと握って、黙々と歩いていた。

見下ろせば、彼女は目をビー玉みたいに丸くして、わたしを見上げていた。頼られているのだ、と胸が熱くなった。

「おねえさん、おねえさん……」

ふいに、揺さぶられて、わたしは目を開けた。自分がいつの間にか眠っていたことに気づかなかった。

目の前には妹ではなく、わたしが街で拾った女の子がいた。のそのそと起きあがると、外はまだ明るかった。居眠りしてしまったらしい。

「ごめんね、起こして……」

彼女はもじもじと下を向いた。

「でも、おねえさん、泣いてたから……」

頬に手をやると、たしかに濡《ぬ》れていた。わたしは袖口《そでぐち》で、ぐっとそれを拭《ぬぐ》った。

こんなもの、ただ、身体から溢《あふ》れる水だ。


夕方から、彼女は部屋を出ていった。

買い物をするのだ、と言っていた。簡単な夕食を買ってくるように頼んで、わたしは部屋で、雑誌をめくっていた。

結局、彼女のことは、ほとんど聞き出せていない。いずみという名前と、十七歳という歳だけ。

「だれに殺されるって言うの？　両親？　それとも彼氏？」

そう尋ねると彼女はしばらく黙って、それから口を開いた。

「仕事先の……人……」

「仕事先の人なら、逃げられないの？　辞《や》めるとか、それから家族に頼むとか……」

「家族……いないから……」

うつむいた彼女を見ていると、それ以上は追及しにくくなってしまった。

もしかしたら、風俗かなにかで働かされているのかもしれない。それで逃げ出してきたのなら、話しにくいだろう。

視線は雑誌の表面をなぞるけど、なにも頭に入ってこない。

たぶん、わたしは彼女のことに関わることで、自分の問題を後回しにしたいのだ。困った人間としてなら、彼女もわたしも同じレベルだ。

ふいに、力先生の顔が頭に浮かんだ。わたしがこんなところにいることを知られたら、怒られるだろう。もしかしたら、平手打ちくらい喰《く》らうかもしれない。

そう考えたら、なんだか怖いよりも、寂しいような気持ちになる。

たぶん、今なら、素知らぬ顔であそこに戻り、今まで通りの生活を続けることもできる。

視線は、膝の上の雑誌に留まる。賃貸専門の住宅情報誌。これを投げ捨てて、大阪に帰ることは簡単だ。

わたしは目を閉じて、静かに数を数えた。結論はすぐに翻《ひるがえ》る。あそこへは、もう帰らない方がいいのだ。

ふいに携帯が鳴って、身体がびくんと跳ねた。

わたしのではない。わたしのは電源を切ってある。着メロだって、知らない音楽だ。彼女が持っていた小さな鞄の中で、それは鳴っていた。しばらく待っていると、音は止まった。

自分には関係ないはずなのに、なぜかほっと息をつく。そのとたん、また携帯が鳴り出した。

何度か鳴っては、また止まり、また鳴り始める。

携帯の音はただでさえ、気に障《さわ》る。次第に苛立ちが募《つの》ってくる。なんて、しつこい相手なのだろう。出ないとわかれば切ればいいのに。

ふいに気づいた。もしかしたら、かけてきているのは、彼女かもしれない。わたしが部屋にいることを知っているからこそ、こんなに何度もしつこく鳴らしているのかもしれない。

もし、そうでなくても、こんな音をずっと続けられたら、気が狂ってしまう。

わたしはそっと鞄に近づいた。幸い、携帯はポケットに入っていたから、中を開けずに取り出せた。

なれない機種に戸惑いながら、通話ボタンを押す。

「はい」

電話の向こうの相手は、しばらくなにも言わなかった。

「もしもし?」

いずみさんならいませんよ、と言おうとしたときだった。

「……かならず探し出してやる……」

低い男の声だった。息を呑んでいる間に電話は切れた。

わたしは携帯を握りしめたまま、窓の外に目をやった。重いような夕方の雲が、少しずつのし掛かってくる気がした。

わたしはいったい、どこへ行こうとしているのだろう。

第三章　小松崎

恵さんの部屋は、ぼくの家と同じ沿線だった。

電車を降り、改札を抜けると、青ざめた表情の歩ちゃんが待っていた。水色のダッフルコートの肩が、小刻みに震えているのは、寒さのせいか、不安のせいなのか。

「力先生に、連絡は？」

歩ちゃんは首を横に振った。

「たぶん、先生、まだ、家に帰ってないと思うから……」

あの変人整体師は、合田接骨院のある心斎橋から、藤井寺《ふじいでら》の自宅まで十五キロ近くを毎日自転車で通っている。おまけに携帯も持っていない。

ぼくは気持ちを引き締めた。歩ちゃんは、真っ先にぼくに連絡をくれたのだ。少しでも、彼女の力になりたかった。

恵さんのアパートまで、一緒に歩く。道を知らないぼくのために、歩ちゃんは少し先を歩いた。いつもは、ぼくが少しだけ先を歩くから、不思議な感じだ。

「先生が、お姉ちゃんの保険証がいるって言いだしたの。合い鍵はわたし持ってるし、保険証がどこにあるかも知ってたから、先生に頼まれて、お姉ちゃんの部屋に行って……そしたら……」

「パスポートを見つけたんだね」

歩ちゃんはこっくりと頷いた。

恵さんが住んでいたのは、小さな五階建てのマンションだった。階段で二階に上がる。

歩ちゃんは、コートのポケットから鍵を出して、一番端の部屋のドアを開けた。

「ぼくも入っていいのかな」

「うん、お姉ちゃん、きれいにしてるし……」

少し申し訳ない気持ちになりながら、玄関に立った。一目で中が見渡せるワンルームだったが、歩ちゃんの言うとおり、きれいに片づいていた。

テーブルやガス台、シンクの上になにも置かれていないだけでなく、ベッドはシーツまで剝《は》がして、マットだけにしてあった。

まるで、この部屋にはもう戻らないみたいだ。そんなふうに一瞬考えて、ぼくはその連想を振り払う。

だが、ぼくの考えを読んだように、歩ちゃんが呟いた。

「お姉ちゃん、出て行っちゃったみたい……」

「そんなことないよ」

あわてて、否定する。歩ちゃんは靴を脱いで、中に上がった。チェストの一番下の抽斗を開けて、中からパスポートを取りだした。

「これ、見て」

ぼくも上がってそれを受け取る。たしかに、恵さんのパスポートだった。期限も切れていない。

歩ちゃんはため息と一緒に、ベッドに腰を下ろした。

「どうしちゃったんだろう」

なにか言おうかと思ったけれど、うまいことばが浮かばなかった。本当に恵さんはどうしてしまったのだろう。

「別に、荷物をなにもかもさらえて出て行ったわけじゃないだろう。パスポートみたいな大切なものは、そのまま置いてあるわけだし……」

きっと戻ってくるよ、と言おうとして、そのまま口を閉じた。少しでも、恵さんが戻ってこないかも、なんて考えるのは嫌だった。

「うん……」

だが、歩ちゃんは沈み込んだままだ。沈黙が重苦しくなって、言った。

「力先生、もう家に着いたんじゃないかな。相談してみる?」

彼女は頷いて、膝の上に載せたバッグを探った。携帯電話を取り出して、電話をかける。ボタンを押すと、彼女は、ふいに携帯をぼくに押しつけた。

「ごめん……小松崎さん、説明してくれる……?」

見れば、彼女の頰は赤く染まって、唇は震えていた。話すと泣いてしまいそうなのだ、と気づいて、携帯を受け取った。

「はい」

不機嫌そうな力先生の声が聞こえた。

「先生、ぼくです。小松崎です。今、歩ちゃんの携帯から、かけているんですけど……」

「なんや、おまえらのデートのアドバイスなんかできへんぞ」

かえってきた先生の声は、あきれかえるくらいのんきだ。ぼくは、むっとしながら説明をした。

「違うんです。恵さんのことなんですけど……」

なるべく手短に、状況を伝える。歩ちゃんは、下を向いて鞄を抱いていた。髪が頰にかかって顔が見えないことが、ひどくぼくを不安にさせた。

先生は、ぼくが説明を終えるまで、ずっと黙っていた。話し終えて、ひと息ついたところで、やっと口を開く。

「ちょっと、そのパスポート開いてみ。中国大使館のビザはあるか?」

言われたとおり、恵さんのパスポートを開く。いろんな国の入国スタンプや出国スタンプ、前のビザなどはあったが、新しいものは記載がなかった。

そう伝えると、先生は、鼻を鳴らした。

「わかった。歩に言っとけ。とりあえず、今日はもう帰って、風呂入ってあたたかくして、寝ろ。もう気にするな、とな」

「気にするなって、そんな……」

ぼくの声を聞いて、歩ちゃんが顔を上げた。目の縁《ふち》が赤かった。

「今、歩ちゃんに代わります」

「代わらんでもええ。小松崎、おまえ、ちゃんと送ってやれよ」

「そりゃ、そうしますけど……」

問いつめようとしたのに、電話は乱暴に切られた。ぼくは、携帯を睨み付けた。

「先生、どうだって?」

歩ちゃんがベッドから立ちあがって、ぼくに近づく。

「なんか、今日はもう帰って、あたたかくして寝ろって……。たぶん、心配しなくてもいいってことなんやないかなあ」

「そう……」

歩ちゃんはきゅっと唇を引き結んだ。

「ともかく、先生もそう言っていることだし、今日はもう帰ろう。送るよ」

ぼくが促《うなが》すと、歩ちゃんは小さく頷いた。なにかを踏ん切るように、勢いよく立ちあがり、マフラーを巻く。

部屋の鍵を閉めて、恵さんのマンションを出た。冬の夜風が身体に沁《し》みた。

「小松崎さん、ごめんね。いきなり呼び出して」

歩きながら、歩ちゃんはそうぼくに詫《わ》びた。

「いいよ、そんなこと。いつでも、なにかあったら呼び出してくれていいから……」

「うん……」

本当は少しうれしかったのだ。頼りにしてもらっていることがわかって。

歩ちゃんの表情はまだ暗い。目尻が下がっているせいで、彼女はいつも笑っているように見えるのに、今日は目を伏せて、唇を固く閉じているせいで、普段と別人みたいだ。なにもなければいい。ぼくは心からそう祈った。

胸の中には、重苦しいような不安が、渦を巻いていた。


次の日、少し遅めの時間に出社した。

結局、自分のアパートに帰っても気持ちが重くて、いつまで経っても眠れなかったのだ。やっとうとうとしたのが夜明けだったので、少し寝過ごしてしまった。

本当は出社する前に、歩ちゃんに連絡を取りたかったのに、彼女の部屋に電話したら、すでに家を出た後だった。昼休みにでも携帯に電話しようと思いながら、自分の机に荷物を置いた。

見れば、編集部の人間は、みんな編集長の机の前に集まって、なにやら話している。会議があるとは聞いていないし、急になにかあったのだろうか。

ぼうっとしていると、沢口に見つかった。

「やっときよった。雄大、こっちこい」

ぶんぶんと凄《すご》い勢いで手招きされ、不審に思いながら近づいた。

「どないしたんですか?」

編集長が腕組みをしたまま、ぼくを見上げた。

「ライターの永井《ながい》が、急に盲腸で入院したんや。ひとつ間違えば、破裂するところやったらしい。二週間は入院せんとあかんらしいわ」

永井さんは、東京在住の専属ライターだ。いくら、「週刊関西オリジナル」が、関西の話題を中心に記事を作るといっても、やはり中央の情報も必要だ。東京の取材は、主に彼に頼っている。

「それは困りましたねえ」

そう言った瞬間、全員の視線がぼくに集まった。編集長がにやりと笑った。

「そう、大変なんや。だから、小松崎、明日東京へ行って来い」

「ええっ、だって、他にも東京のライターいるやないですか!」

「それが、急なことで、だれも空いてへんのや」

編集部のみんなは、話が片づいたとばかり、自分の机へ戻っていく。ぼくはあわてた。

「だって、おれも仕事ありますし……」

「とりあえず、明日に外せない取材があんねん。それ終わってから帰ってきて、こっちの仕事もやれ。まあ、無理があるのなら、みんなで手分けするから」

「そんな……」

昨日あんなことがあったばかりで、まだ恵さんの消息もわからない。そんなときに、大阪を離れたくはなかった。

「ぼくも、ちょっと今、ごたごたしているんです。他の人に行ってもらえませんか」

椅子を立ちあがりかけた姿勢のまま、編集長の動きが止まった。じろりとぼくを睨む。

「おまえがおれへんかったら、どうにもならんのか？」

ぐっとことばに詰まった。たしかに、ぼくがいたからといって、役に立てるかどうかわからない。

「こっちは、おまえに行ってもらわんと困る。他に身動きできるやつがおれへんからな」

ぼくはフロアを見回した。たしかに、結局だれかが行かなければならないことだ。肩を落として頷いた。

「わかりました」

「頼んだで」

すごすごと、自分の机に戻って、ため息をついた。彼女になんて話せばいいのだろう。

結局、昼休みを取ったのは三時過ぎてからだった。

東京行きのせいで、スケジュールの変更を余儀なくされ、ばたばたしていて、昼休みを取り損《そこ》ねてしまったのだ。さすがに空腹を感じて、外に出ることにした。

近所のコーヒーショップで、サンドイッチとコーヒーを流し込み、その足で合田接骨院へと向かった。

歩ちゃんはあれから、どうしているのだろう。力先生がうまく慰《なぐさ》めてくれるといいのだが。

ビルの屋上へと向かい、がたついたプレハブの引き戸を開ける。待合室には、人影はなかった。

「こんにちはー」

様子を窺《うかが》うように、小さな声で呼ぶと、奥から力先生が出てきた。

「なんや、おまえか」

ずいぶんな言われ方である。ぼくだって、治療費を払っている患者なのだ。

「歩なら、おらへんで。今日はもう帰った」

きょろきょろしているのがばれたのか、力先生は言った。

「帰ったって、ずいぶん早いやないですか」

「んん、ちょっと参っているみたいやったからな。家に帰って休ませた」

先生は、大したことではないかのようにそう言ったが、ぼくの胸は鉛を飲んだように重くなる。やはり、彼女はひどいダメージを受けているらしい。

歩ちゃんは摂食障害を抱えている。最近では、かなりよくなってきているようだが、それはあまりにも危なっかしいバランスの上にある。ふとした拍子で、簡単に再発してしまわないとも限らないのだ。

「大丈夫でしょうか……」

先生は、眉を寄せて、ぼりぼりと頭を掻《か》いた。

「ま、心配してもしゃあないわ。あいつが乗り越えることやから」

少し、自分に言い聞かすような感じの声だった。

どうやら、今は患者がきていないらしい。ぼくは、待合室の椅子に腰を下ろした。

「今日は、施術はええのんか？」

「飯食ってきたばかりなんで……」

そっか、と先生はどこかうつろな調子で言った。

「恵さんのこと、本当に放っておいていいんですか？　彼女、なにか事件に巻き込まれたんじゃ……」

恵さんはいい人だが、男癖が極端に悪く、男絡みのトラブルが絶えない。彼女が行方《ゆくえ》不明だと知ってから、ぼくの頭の中からは、その不安が消えなかった。

「いや、それはまあ、心配せんでもええんちゃうか」

「どうして」

「ビザがなかったって言ってたやろ。恵は、出発する二週間くらい前に、『一カ月くらい中国に行きたいから休みが欲しい』と言い出してた。ビザすら取ってないということは、その頃から、中国ではなくて、別のところへ行くことを考えていたんやろう。無理矢理、だれかに連れ去られたなんてことはないはずや」

「……でも！」

先生の言ったことは、たしかに筋が通っていたけど、どうしても心情的に納得ができなかった。どうして、嘘などついたのだろうか。

先生は、パイプ椅子に腰を下ろして、ちらりとぼくを見た。ぼくはことばの続きを飲み込んだ。

たぶん、ぼくの言いたいことは、先生にはわかっているのだろう。その上で、心配などする必要はない、と言っているのだ。

今、ここで、心配だけしていても、恵さんにはなにも届かない。

「ま、帰ってきたら、ちょっとお灸《きゅう》を据《す》えなあかんな。嘘つくのなら、もう少しうまくつけ、いうてな」

先生は明るい口調で言ったけど、ぼくは笑えなかった。恵さんは本当に帰ってくるのだろうか。あの、きれいに片づけられた部屋が、忘れられない。

ふいに、プレハブの引き戸が開いた。立っていたのは、仕立てのいいスーツに身を包んだ青年だった。色白で整った顔立ち、コートを裏返して、腕にかけている仕草も上品だ。スーツ姿なのに、サラリーマンのような感じがしなかった。人に使われるのではなく、使う側の人間、そんなふうに直感した。

こんなタイプの人も、合田接骨院に通っているのだろうか。

椅子を空けようと、脇に寄ったとき、その人が口を開いた。

「やっと、見つけましたよ。こんなところで開業されていたんですね」

先生は、眉間《みけん》に皺《しわ》を寄せたまま、彼を見上げていた。

ぼくは戸惑った。単なる患者ではないようだ。

「別に隠れていたわけやないで。だいたい、あんたに探される理由がわからん」

「わからないことはないでしょう。わたしは、あなたに戻ってきていただきたいだけです」

冷たいほどの標準語だった。ぼくの顔さえ見ずに、椅子に腰を下ろす。

戸惑っているぼくに、先生が言った。

「小松崎、悪いな。今日はもう帰ってくれ」

「あ……、はい……」

施術を受けにきたわけではないから、客がきたら帰ることに文句はない。ただ、漂っている空気が妙で、それが気にかかった。

「それじゃ」

ジャケットを羽織って、プレハブを出る。青年は、出ていくぼくに、軽く会釈《えしゃく》をした。いかにも形だけ、といった感じで。

階下へと降りる階段へ向かいかけて、ぼくはまたプレハブの脇に戻った。悪いことかもしれないが、妙に気になって仕方がない。

「わたしは、あなたに戻ってきていただきたいのです」

青年の声は、やけに通るから、耳を澄ます必要はない。力先生の声も元から大きい。

「おれは、あんたの親父に除名された人間や。戻るつもりはない」

「もういない父のことを言っても仕方がないでしょう。今の会長はわたしです。まわりにも、あなたが戻ることに難色を示している人などいない」

先生のわざとらしいほどのため息が聞こえた。

「あわへんねん。あんたのやり方は。それはそっちかって同じやろう」

「それは重々承知です。わたしは、あなたのやり方を否定するつもりはない。できる限りの妥協はするつもりです。一度、話し合ってはもらえませんか」

「話しても無駄や」

青年が紳士的に話しているのに、先生は呆《あき》れるほどそっけない。

今度は、青年がため息をつくのが聞こえた。

「まだ、許してはもらえないのですか？」

許すとはどういうことなのだろう。青年の問いかけを先生は無視した。

「帰ってくれ。あんたのとこは、ええ人材がたくさんおるやろう。おれなんかを誘うために、わざわざ大阪くんだりまで出てくる必要はないやろ」

「あなたの腕には、それだけの価値は充分にありますよ」

椅子がひかれる音がした。立ちあがったのは、青年なのか、先生なのか。

「また、きます」

その声と同時に、引き戸が開いた。ぼくはあわてて、プレハブの陰に身体を隠した。

そんなところに隠れても、彼がプレハブを離れてしまえば丸見えだということに気づいたのは、少し後だった。

振り返らないように、と願ったのに、青年は一度、振り返った。

ぼくに気づいたはずだが、青年は顔色ひとつ変えなかった。ただ、プレハブを一瞥《いちべつ》すると、そのまま階段を降りた。

ぼくは、壁にもたれたまま、大きく息を吐いた。立ち聞きなど、しなければよかった。

仕事が終わってから、歩ちゃんに連絡を取った。

携帯越しに聞こえてくる声は、あきらかにいつもより重くて、ぼくも不安な気持ちになる。それでも、駅まで行くから、会える？　と尋ねると、うれしげな返事がかえってきて、少しほっとした。

電車を降りて、改札に向かうと、彼女が立っているのが見えた。いつもの水色のコートと、白いマフラーで、もこもこに着ぶくれている。

ぼくは彼女に駆け寄った。

「ごめん、わざわざ」

「ううん」

彼女は笑ったけれど、その笑顔にはどこか重苦しさが宿っていた。

「飯、食った？」

「わたしは食べたけど、小松崎さんはまだ?」

ぼくは頷いた。歩ちゃんと一緒に食べようと思っていたのだけど、当てが外れた。

「じゃあ、喫茶店でも入ろう。ぼくはスパゲティでも食うし……」

「それより、居酒屋とかの方がよくない? いろいろ頼めるし。スパゲティじゃ栄養偏っちゃうよ」

彼女の言うとおりだ。ぼくたちは駅前の居酒屋チェーン店に入った。中では学生たちが騒いでいた。

向かい合って座り、注文をすませた。歩ちゃんは烏龍茶《ウーロン》だけしか頼まなかった。

「今日、合田接骨院に行ったんだけどさ」

おしぼりを広げている彼女にそう言った。

「うん……。先生が、今日は帰った方がいいって言ったから……」

目の前にいる彼女は、そこまで落ち込んでいないように見えた。だが、先生には歩ちゃんの隠しているものまでが見えるのだろう。そう思うと、少しだけ切ないような気持ちになる。

ぼくは彼女に、東京に行かなければならなくなったことを説明した。今のところ、明日だけだと編集長は言っていたが、帰ってきたら溜まった仕事も片づけなくてはならないし、代わりのライターが見つからない限り、また行かなくてはならない。しばらくは、東京大阪間を何度も往復することになるだろう。

「大変だね。無理しないでね」

彼女は烏龍茶のグラスを手に持ったまま、そう言った。

「ごめん、こんなときなのに……役に立たなくて……」

「ううん、そんなことないよ。わたしなら大丈夫」

その表情にほっとした。

本当は、「そばにいてあげられなくて、ごめん」と言いたかったのだ。でも、ぼくがそばにいることが、彼女の力になるのか、まだ確信が持てない。

料理が運ばれてくる。急に空腹を感じて、ぼくは箸《はし》を手に取った。歩ちゃんは烏龍茶を飲みながら、ぼくが食べるのを優しい目で見ていた。

食べながら、ぼくは今日現れた青年のことを、歩ちゃんに尋ねた。彼女もそんな人は知らない、と言った。

「でも、よく考えたら、わたしも先生の昔のことなんか知らないし……」

歩ちゃんが力先生と出会う前の知人なのだろうか。年齢は、高く見積もっても、三十代前半といったところだ。もしかすると、ぼくとそんなに変わらないかもしれない。

「そういえば、力先生っていくつ？」

「うーん、三十五、六だったと思うけど……」

彼女は烏龍茶のグラスをからん、と鳴らした。

「わたしが先生と会ったのは三年くらい前だから、それ以前のことは全然知らないの。よく考えたら、歳とか出身地なんかも、はっきり聞いたことなかった」

「出身は大阪やないのかなあ。あんだけベタベタの大阪弁なんやから」

「それはわからないよ。だって、お姉ちゃんだって、大阪弁使うけど、大阪出身じゃないもの」

そう言いかけて、彼女の顔が凍《こお》った。恵さんのことを思いだしたのだ。

彼女は口をつぐんだまま、下を向いた。どこの出身？　と聞きたかったけど、あまりに豹変してしまった歩ちゃんに、なにも言えなかった。

ぼくは箸を置いて、彼女の顔を覗き込んだ。

「大丈夫だよ。恵さんはしっかりした人だからさ」

「……そんなこと言わないで……」

彼女の声が震えた。テーブルの端をぎゅっと握る。

「そんなこと言わないでよ。お姉ちゃん、本当はすごく怖がりで、泣き虫なんだから。本当はそうなのに、いつも、なんともないふりばかりして……」

彼女は顔を覆《おお》った。しゃくり上げるような声で言う。

「いつも、いつも、わたしが先に泣いちゃうから、お姉ちゃんは泣かないで、頑張って……でも、本当はお姉ちゃんだって、怖くないはずなんかないいんだから……」

どう言っていいのかわからなかった。たしかに、大丈夫だ、なんて不用意なことばだった。本当に大丈夫かどうかなんて、わからないのに。

「……ごめん」

謝ると、歩ちゃんは激しく首を振った。

「違うの。わたしがさっきまで、そう考えようとしてたの。お姉ちゃんは強いから、大丈夫だって、ずっと自分に言い聞かせて……。ずるいよね……わたし……お姉ちゃんが本当は強くないことを、知っているのに……」

「歩ちゃん」

どう慰めていいのかわからなかった。けれども、自分のことなど責めないでほしかった。彼女はなにも悪くない。

歩ちゃんは啜り上げると、手を下ろした。目の縁が赤かった。

「ごめん、やっぱり、わたし、今日はもう帰る。このまま一緒にいると、小松崎さんにひどいことを言ってしまいそう」

「かまわないよ、そんなの」

どんなことを言われてもいい。それで彼女が少しでも楽になるのなら。そう思ったけど、彼女は首を横に振った。

「でも、小松崎さんに八つ当たりすると、わたし、もっと自分が嫌いになるから……。お願い、今日は帰らせて……」

コートを持って立ちあがった彼女を、あわてて追った。

「送るよ！」

彼女は泣きそうな顔で、ぼくを見上げて、それでもこう言った。

「うれしいけど……でも、今日はいい」

きっぱりした拒絶だった。それ以上言い募ると、よけい彼女を困らせてしまいそうで、ぼくはつかんでいた腕を離した。

彼女は振り返りもせず、店を出ていった。ぼくは脱力して椅子に腰を下ろした。

目の前の、半分残った烏龍茶のグラスを眺めながら。

第四章　恵

「街に出えへん？」

そう誘ったのは、単なる気まぐれだった。気持ちが糊《のり》のようにべたついて湿っているから、少し乾かしたかったのだ。

彼女は、どこか不安そうな目で、わたしを見上げた。

「出て……なにするの？」

わたしは軽く肩をすくめてみせた。別になにか目的があるわけではない。それでも、街をぶらぶらするのに、理由などいるのだろうか。理由もなく、街を歩き、そこに陳列されている品物を見て、ときどきお茶を飲む。そんなことは、ただの日常だ。

「行く気がないのなら、ひとりで行くけど」

彼女は無口だし、それほど自己主張する方ではないけれど、二日間も同じ部屋にいると気が詰まってしまう。断わってくれれば、それはそれでいい。

彼女の返事を待たずに、鏡の前に立ち、口紅をひいた。鏡に映る彼女と目が合う。

「わたしも行く」

彼女は焦《あせ》るように立ちあがってそう言った。

化粧をすませると、ホテルを出た。地下鉄に乗って、いちばん近い繁華街の銀座《ぎんざ》に向かう。

東京の地下鉄は、大阪のよりも少し狭くて、横に長い。その、わずかな大きさの違いが、異質な感覚を呼び覚ますようで、思わずぐるりと車内を見回した。

彼女は地下鉄のドアにもたれながら、窓の外を眺めていた。ただ、暗いだけの空間なのに、彼女は目をそらさない。

彼女のパーカは今朝、洗濯したから、今、彼女が着ているのは、わたしのパーカだ。自分が気に入って、よく身につけている服を他人が着ているのは、妙な感じだ。

でも、その感じは、はじめてのものではない。昔にも、そんな感覚を味わったことがある。

ひとこともことばを交わさないまま、地下鉄は目的の駅に着いた。

細い階段を上がって、地上へと出る。人が波のように、行き交っている大通りだった。

「このあたり、よくくる？」

尋ねると、彼女は首を横に振った。

「あんまり……東京、詳しくないから……」

「東京出身じゃないの？」

彼女はまた貝になる。彼女の秘密主義にも半分慣れて、わたしはそのまま歩き出した。洒落《しゃれ》たファッションビルを見つけて、彼女に目で促《うなが》す。彼女も頷いた。

不思議とこういうところは、女同士の機微が通じるものだ。今までの女友達にやるように振る舞えば、やはり返ってくる反応も似通っていて、少しおかしくなる。

服や鞄を見ながら、エスカレーターで昇る。少し先を歩いている彼女を見て、ふいに気づいた。

自分の服を、別の人が着ている。その感覚が懐かしいのは、妹のことを思い出すからだ。

子供の頃、着られなくなった服は、そのまま妹に行くことになる。わたしのおさがりばかり着せられていた妹は、いつも不服そうだったけど、わたしだって、不満がなかったわけじゃない。

丸いくるみボタンのついた、くすんだピンクの吊りスカート。わたしはずいぶん気に入っていた。だから、それを妹が着るようになったとき、取られたような嫌な気持ちになったのだ。

それはわたしにはもう着られないのだとは、わかってはいたけれども。

はっと気づくと、彼女が不安そうにわたしを見上げていた。わたしは笑う。

「どうして、昔のことって、変なことばかり覚えているんやろうね」

彼女は不思議そうな顔で瞬《まばた》きをした。


特になにかを買うつもりはなかったけど、新しいデザインの洋服だとか、きれいな雑貨だとかを見るのは、いい気分だ。そんなものに、ほだされるように、彼女の口もなめらかに動き出す。内容は、他愛のないことばかりだけど。

きれいなキャンドルを見つけて、歓声を上げ、いい香りの石鹸《せっけん》の中から、ひとつだけ、好きな香りを選び出す。そんな行為が、少しずつ彼女の顔から、霧を取り払っていくようだった。

それでも、こんなことはただのその場しのぎに過ぎない。大切なことを、ただ、先送りにしているだけ。

わかっているのに、わたしたちは考えないことにして、無意味な歓声だけ上げる。

何気なく入った洋服屋で、わたしはサテンの身体に添うデザインのワンピースを見つけた。好きなタイプの洋服だ。

鏡の前で、身体に当てて見ていると、彼女が後ろから覗き込む。

「おねえさん、それ似合う」

「そう？」

たしかに自分でも似合うような気がする。服を買う余裕などないはずだけど、少し、心が動いた。

ラベンダー色のサテンに、ピンクのペオニーの花が咲いている。こんな服を着ると、きっと、心が晴れやかになるだろう。

昔読んだ本のワンシーンを、ふいに思い出した。金子光晴《かねこみつはる》の「ねむれ巴里《パリ》」だったか。巴里で食い詰めた作者は、妻の両親から送られた、帰国のための金に手をつける。そのとき、流行遅れの服を着ている妻に、華やかな春服を買い与えるのだ。

そんなことを連想してしまったのは、自分も、本の中の彼らと同じような放浪者だと考えているからかもしれない。

「おねえさん、似合う。すごくきれい」

彼女は目を見開いて、そう言った。

わたしは、そのワンピースを、彼女の前に当てた。

「きっと、あなたの方が似合うわ。とてもきれいだもの」

軽い気分で口にしたことばだった。だのに、彼女の表情からは、明るさが消えた。まるで蠟燭《ろうそく》を吹き消したように、唐突に。

「わたしになんか、似合わない。わたし、きれいじゃないもの」

頑《かたく》なな口調で、そう言うと、彼女は顔を背《そむ》けた。

その反応に驚いた。たとえ、お世辞だと感じたのだとしても、妙な反応だし、実際に彼女はとても可愛らしいのだ。

彼女は、くるりと踵《きびす》を返して、鏡の前を離れた。険《けわ》しい顔のまま、ほかの服を見に行く。だが、本気で見ていないのは、すぐにわかった。ただ、服の前に突っ立っているだけ。

わたしはワンピースをハンガーに掛け直すと、彼女の後を追った。

「どうしたの？　わたし、なにか気に障《さわ》るようなこと言った？」

「そうじゃないけど……」

彼女はくっと、唇を嚙んだ。

「お世辞なんか言わないで。わたし、お調子者だから、おだてられると、すぐ、その気になっちゃうの」

「お世辞じゃないわよ」

目の前にいる彼女は、とてもきれいだと本当に思っている。だが、彼女は首を横に振った。

「ありがとう。おねえさんが、本当にそう思ってくれているとしても、わたしには言わないで。わたし、馬鹿だから。そんなこと思っちゃいけないのに、そう自惚《うぬぼ》れてしまうから」

彼女が、なにに戸惑っているのかはわからない。どうして、自分のことをきれいだと思ってはいけないと言うのかもわからない。それなのに、なぜか彼女の気持ちがわかる気がした。

自分のことをきれいだなんて、一瞬でも思って、それをだれかに知られると、その瞬間に嘲笑《あざわら》われる気がした。自意識過剰で、被害妄想。そうは思うのだが、なにかがわたしの心を、きつく押さえ付けていた。

機械的に、並べられた服を触っている彼女を見て思った。

わたしたちは、ひどく似ているのかもしれない。

小学生のとき、母が死んだ。

すべてが、めまぐるしく急激に進んだような印象だけが残っていて、正直なところ、記憶はあまり定かではない。

あるとき、母の顎のところにぷくりとしたふくらみができた。後で、父から聞いた話では、そのふくらみがまだ小さいうちに、母は一度病院に行ったのだという。

そのときの病院で、「なんでもない。よくある脂肪の塊《かたまり》だ」と簡単に言われたことで、母は安心してしまった。

だが、そのふくらみは異様なほど、どんどん肥大していき、さすがにおかしいと感じた母が別の病院に行ったときには、もうなにもかもが遅かったらしい。

その頃のわたしには、はっきりとなにが起こったのか理解できる頭も余裕もなかった。入院し、手術をした母を見舞った記憶は残っているけど、そのとき自分がどう感じたのかはまったく覚えていない。

寂しかったのか、つらかったのか、怖かったのか。

母は、顔半分を切り取られ、白いガーゼを当てられて、殺風景な病室に横たわっていた。

わたしに向かって、語りかける声は、今まで通り優しかったけど、その存在はガラスを

ている。

ただ、そのとき病室に漂っていた、甘く饐《す》えたような匂いだけを、今もはっきりと覚えている。

あるとき、父は、わたしと妹を居間に呼びつけて、並んで座らせた。

そして言った。母さんは重い病気なのだ、と。

そんなことはとっくに知っていた。病気でなくて、顔を切り取られるなんてことがあるはずはない。傷自体は見たことはなかったけど、そこに傷があるということはガーゼを通しても感じられた。

母さんの顎にできたものは、とてもとても悪いもので、それが体中に広がってしまって、手術でも、もう取りきることができないのだ。父はそう話した。

父がそう言うのを聞きながら、わたしは知った。お母さんはもう死ぬのだ、と。妹もそれを察したのか、火がついたように泣き出した。

父は泣く妹をなだめようとはしなかった。

わたしは泣かなかった。そのとき、わたしが真っ先に思ったのは、お母さんがいなくなったら、わたしは捨てられてしまうかもしれない、ということだ。

父が、本当の父ではないということを、わたしはもう知っていた。わたしのお父さんは別にいて、母はその人と離婚して、今、目の前にいる人と再婚したのだと。

本当のお父さんのことは、まったく覚えていないし、その後、会いに来てくれたことも
なかった。そういう意味では、本当のお父さんを懐かしく思ったことなどないし、今の父
が、わたしと妹の扱いに、あからさまに差をつけたことなどなかった。

だから、わたしは思ったのだ。捨てられたくない、と。

父は、わたしと妹の頭を交互に撫《な》でながら言った。

恵はお姉さんなのだから、お母さんの代わりになりなさい、と。

わたしは何度も頷いた。


階段の踊り場に、華やかなモデルのポスターが貼ってあった。

軽やかなスカートの裾を翻《ひるがえ》して笑う女性に見とれていると、彼女は、軽くわたしの脇
腹を小突いた。

「どうしたの？」

「あれ」

彼女が指さしたのは、少し離れたところにあるまったく同じポスター。

ただ、その顔には黒いマジックで、悪戯《いたずら》書きがしてあった。髭《ひげ》や鼻毛を描いたりの、子供っぽい落書き。そういえば、中学生のとき、同級生の男の子に借りた歴史の教科書には、すべての肖像画に髭が描いてあったっけ、なんて思い出す。

たぶん、ビルの従業員に見つかれば、あのポスターはすぐに撤去されてしまうだろう。ほんの些細《ささい》な、よくあること。だのに、彼女はひどく強《こわ》ばった顔で、そのポスターを眺めていた。ふいに、口を開く。

「ねえ、おねえさん」

「え?」

「女神と道化の境界線って、どこなんだろうね」

唐突に投げかけられた質問に、わたしは戸惑って、ただ瞬きだけを繰り返した。

彼女は私の答えを聞かないまま、歩き出した。

不思議なことに、父がいつからわたしの身体に触れるようになったのか、まったく覚えていないのだ。

どこまでが、親子の正常なコミュニケーションだったのか、どこからがそれを逸脱した行為だったのか、わたしは大人になってもそれを判断できない。ただ、いつの間にか父の優しい手が、重苦しくて不可解な存在になっていて、わたしはひどく困惑した。

ときどき、それがとても嫌だと感じることはあったけれど、嫌だと言ってしまえば、父に嫌われてしまうような気がした。父に嫌われることは、なによりも怖かった。

はっきりと、「これは違う」と思ったのは、小学校最後の夏休みのある日。妹が臨海学校に行っていた夜のことだった。

正直な話、なんとなく予感はあった。幼くても、いろんな知識は切れ切れに入ってくる。でも、まさか父がそんなことまでするとは、考えたくなかった。考えてしまう自分の方が、父よりも不潔だと思っていた。

それなのに、父は簡単にその一線を越えた。

泣いたことだけは、はっきりと覚えている。けれども、殴られたり、強く押さえ付けられたというわけではなかった。父は、泣くわたしを宥《なだ》めるように、ことをなしとげた。

次の朝、わたしは布団に潜《もぐ》り込んだまま、起きなかった。

夏だから、布団自体が汗を含んで、じっとりと重くて、不快さに耐えながら、わたしは息をひそめていた。

普段は、寝坊していると起こしにくる父も、その日だけはなにも言わなかった。

昼過ぎに、さすがに尿意を感じて起きたわたしに、父は開き直ったような口調で言った。

おまえは、俺の娘ではないのだから、と。それだけだったけど、父が言おうとしたことは、わたしにはわかった。

だから、自分のしたことは悪いことではないのだ。

わたしが父の娘でないことは、紛《まぎ》れもない事実だけど、わたしはやはり、父のことをずるいと思った。

妹がいつから、わたしと父の関係に気づいていたのかはわからない。

けれども、あの子は鈍感ではない。かなり早い時期から知っていたと思う。

父は開き直ったように、わたしと妹を違うように扱いはじめた。かといって、わたしが手ひどく扱われたというわけではない。その逆もない。

父は相変わらず、わたしのことも妹のことも大事にしてくれたのだけど、わたしたちを姉妹として扱うことはもうなかった。わたしのおさがりを妹に着せることも、おそろいのものを与えることも、もうやめた。

今まで一緒だった部屋も分けられた。妹は今までどおり、二階の部屋で。そうして、わたしは階下へ。

その頃から、妹はひどく無口になった。なによりも、目を輝かせて、わたしの後をついてくることがなくなった。「お姉ちゃん」とすがるように呼ぶことも。

自分は、大切なものを失ってしまったのだと思った。


午後遅くまで歩き回り、疲れてホテルへ戻ろうとしたときだった。

地下鉄の階段を下りていると、ふいにすれ違った男性が足を止めた。若いサラリーマン風の男だった。

「あれえ？」

彼女の顔を覗き込んで、いかにもな軽い口調で言う。一瞬、ナンパかと思い、先を急ごうとしたときだった。

「リオちゃん？　リオちゃんだよねえ」

なれなれしげに、彼女の腕をつかむ。

「ち、違いますっ！」

彼女はその手を払った。白い頬から血の気がひいていた。

「うっそ。隠さなくてもいいじゃん。リオちゃんだろ」

彼女の知人なのか、人違いなのかはわからない。それでも、その男の態度が気にくわなかった。割って入ろうとしたとき、その男はいきなり彼女のフードをまくり取った。

「あ……」

いきなり現れたざんばら髪に戸惑ったのか、男の動きが止まった。

彼女はあわててまたフードを被《かぶ》る。睨《にら》み付けるような目で男を見上げると、彼は怯《ひる》んだように背を向けた。

「ちぇ、違うのかよ」

吐き捨てるように言うと、そのまま歩き去る。人違いをした詫びすらなかった。

「なに、あれ?」

たとえ、自分の親しい人と間違えたのだとしても、あんな態度はない。格好はきちんとした勤め人のように見えるのに、礼儀も知らないのだろうか。

立ち去る背中を睨んでいると、彼女がわたしの腕をつかんで引いた。

「行こ……。早く」

帰りの地下鉄の中でも、彼女はずっとわたしの陰に隠れるように身体を縮めていた。

買い物から帰ると、彼女はまた、ぐったりとベッドに横になった。

かすかに潤《うる》んだ目と、火照《ほて》った顔でわかる。また、微熱があるのだろう。

彼女は、「いつもこの体温だ」と言ったけれど、先ほどまでは、こんなにだるそうにしていなかった。

不安に思いながら、彼女の隣に腰を下ろす。

「水でも飲む？」

「いい、大丈夫」

そっと触れた手は、やはり少し熱く、汗ばんだように濡れていた。

「どうする。少し寝る？」

「うん……」

そう言いながら、彼女は静かに目を閉じる。わたしも座ったまま、壁にもたれかかった。

夕刻になると、ホテルの部屋に、少しだけ日差しが入る。

炙《あぶ》られるような西日に部屋が真っ赤に染まり、目を開けていることもつらくなる。カーテンを閉めれば、遮《さえぎ》れるのだが、なんとなくそれがおっくうだった。それに、日中はあまり日が当たらないのだ。この時間くらい、西日を浴びてもいい。

焼け付くような西日の中、わたしはうとうとと眠りの中に引き込まれた。

眠ってはいけない、そう思って、ときどき目を開けたが、なぜか眠気は錘《おもり》のように手《て》強《ごわ》く、わたしはまた眠りの中に引きずり込まれる。

まるで、眠りの海の中で溺《おぼ》れているみたいだ、そんなふうに考えて、わたしは少し笑った。

そんな最中だった。わたしがそのことばを聞いたのは。

「おねえさん、わたし、もう行くね」

行ってはならない、と唐突に思った。あんたはまだ、子供で弱くて、頼りないのだから、そう言いかけて、その声が妹のものでないことに気づく。

ああ、これは、今一緒にいる、彼女の声だ。

彼女は、どこへ行くと言っているのだろう。

けれども、眠気は相変わらず暴力的なほどで、わたしの記憶はそこで曖昧《あいまい》になる。

目を開ければ、あたりはもう真っ暗だった。部屋には明かりすらついていなかった。

電気をつけて、バスルームをのぞいた。彼女はもういなかった。

なぜか、大きな忘れ物をしてしまったような不安に捕らわれて、わたしは身震いをした。

失ったものなど、なにもないはずなのに。

第五章　小松崎

次の日、ぼくは早朝から空港へ急いだ。

飛行機は好きではないから、新幹線で行きたい、と抗議したのだが、編集長に鼻で笑われた。

「なんで、嫌やねん。落ちたら死ぬからか」

「当たり前やないですか」

「アホ。新幹線かて、怖いぞ。置き石でもされて脱線事故でもあったら、全員即死や」

聞かなければよかった、と後悔しながら、ぼくは、飛行機のチケットを受け取った。

海の上の道路を渡って、関西国際空港へと向かう。エレベーターまでもがガラス張りの近代的な建物の中を、バックパックを背負って歩く。

すれ違う人々は、多種多様だが、だれもが旅の途中という共通項を持っている。いかにも南国の島へ向かうとばかりに、コートを脱ぎ捨てて半袖になっている美女もいれば、出張の行きか帰りか、疲れた様子のサラリーマンもたくさんいる。

自動チェックインコーナーに近づいたとき、前を歩く人にぶつかりそうになった。

すみません、と謝りかけて、顔を見る。

「あ！」

思わず、声に出してしまった。そこにいたのは、昨日、合田接骨院で出会ったスーツの青年だった。彼もこちらに気づいたようだ。

「あなたは、昨日、合田さんのところにいた……」

彼には立ち聞きを見られていることもあって、非常に気まずい。ぼくは小さな声で、どうも、と言った。

今日も彼は、チャコールグレーのスーツをぴしっと着こなしている。よれよれのジーンズと化繊のコートの自分が情けない。

「どこかへ行かれるんですか？」

意外にも、彼は親しげにぼくに話しかけてきた。

「ええ、仕事でちょっと東京に」

彼はぼくが手にした切符に目をやった。

「３４０便ですね。ぼくもちょうどその便です。ご一緒しませんか」

へ？　と間抜けな声で、答えてしまう。昨日だって、ほとんどことばを交わしていいない。東京まで一緒に行く理由などない。

だが、彼はぼくの答えも待たずに、すたすたと自動チェックインコーナーに近づいていく。断わる理由も見つからず、ぼくは後に続いた。

「お一人なんですか？」

「そうです。急いできたものでね」

並んで歩くと、ずいぶん背丈が違うのを感じて、ちょっと卑屈な気持ちになる。

「そういえば、お名前をお聞きしていませんでしたね。わたしは小杉《こすぎ》と申します。合田さんのご友人ですか？」

「いえ、友人というか、患者なんですけど……小松崎です」

なんか、うまいこと彼のペースに乗せられている気がする。彼はぼくの手からチケットを取り上げて、一緒に機械に通した。当たり前のように隣の席を取る。

「急ぎましょう。もうあまり時間がありませんから」

座席指定をされたチケットを受け取って、彼は歩き出した。妙な気分のまま後に続く。まるで狐につままれたような感じだ。彼が、ぼくに親しげに接してくる理由がわからない。単に人懐っこい性格なのかもしれない、とは考えられなかった。

早朝の便のせいか、それほど人は多くない。搭乗口から機内へと、スムーズに移動する。

コートとブリーフケースを手荷物入れにしまうと、彼は、ぼくのバックパックにも手を伸ばした。

「これもしまいましょうか?」

「あ、すみません」

昨日は、なんとなく冷たい感じのする男だと思ったが、その印象よりはずっと親切だ。とはいえ、なんとなくその親切を素直に受け取る気分にはなれなかった。

(いい男だから、反発しているのかな)

そう、自分の心理を分析する。いや、それだけではない。昨日の力先生のやけに冷たい態度を思うと、どうしても簡単に心を許すつもりになれなかった。

離陸のアナウンスが流れる。ぼくはあわててシートベルトを締めた。

「合田さんとは同業なんですよ」

隣に座った彼——たしか小杉と名乗った——が、唐突にそう言った。

「同じ師匠についていて、ぼくの方が後輩になります。少し行き違いがあって、連絡が取れなくなってしまっていたので、ずいぶん探したんです」

「と、いうことは、整体師さんですか?」

「ええ、そうです」

首だけこちらを向いて、微笑する。見た目から受ける印象は実業家のようだから、そのことばにぼくはずいぶん驚いた。

いつも、首まわりの伸びたTシャツに白衣を羽織っただけの力先生とは、まったく雰囲気が違う。整体師なんて、あんな人ばかりだと思っていた。

「和解できればと、思っていたんですが、ずいぶん嫌われてしまっていたようです」

言外に立ち聞きを責められているようで、ぼくは少し首をすくめた。

「どうですか。合田さんのところは、繁盛しているようですか？」

「え、ええ、そこそこはしているんじゃないですか。まあ、ああいう人だから……」

そう答えると、彼はかすかに唇をふるわせて笑った。

「そうですか。変わっていないようですね」

ぼくもつられて、ははは、と笑った。力先生の頑固は昔から同じらしい。

「それでも、腕のいい方ですから、やっていけるのでしょうね」

彼は窓の外に視線をやった。同時にがくんと大きく機体が揺れた。離陸したらしい。

小杉氏は、最初の印象よりもずっと好青年だった。キャビンアテンダントが、飲み物を持ってくる頃には、ぼくの警戒心もすっかり解けていた。

「小松崎さんは、お仕事で東京ですか？」

尋ねられたので、名刺を渡す。小杉氏は、近眼なのか少し目を細めて名刺の文字を読んだ。

「いや、まあ、弱小出版社なんで、編集もなんでもやるんですけど、系列会社がスポンサーやっている映画の記者会見がありまして」

「週刊誌の記者さんなんですね」

「ほう」

興味深そうにそう呟くと、彼は自分の名刺入れを取り出した。

「遅くなって失礼。わたしはこういうものです」

差し出された名刺を受け取った。そこには、「小杉整体師協会　会長　小杉良幸《よしゆき》」という文字があった。

「お若いのに、会長さんなんですか？」

思わず驚きの声が漏れる。彼は、苦笑した。

「父が会長だったもので、引き継いだだけです」

「力先生も、この協会に入っているんですか？」

そう尋ねてから、愚問だったことに気づく。力先生は小杉氏を嫌っているように見えた。あの、偏屈な先生が、嫌いな人間が会長をやっている集まりに参加するはずはない。

「以前はね。父の時代ですが」

彼はそう言って、急に話を変えた。

「そういえば、合田さんのところには、助手の女性がいたはずですよね。昨日はいませんでしたが」

「え、あの、少しごたごたがあって……」

説明しようかどうしようか迷ったが、彼の目が追及するようにぼくを見ていたので、つい喋ってしまう。

「ひとりが、旅行に行くといって出たきり帰らないんです。それで、ちょっと……」

「姉の方ですか、妹の方ですか？」

「姉の方です」

彼は口をつぐんで、考え込んだ。ふいに黙りこくってしまった小杉氏に戸惑う。

歩ちゃんは小杉氏のことを知らないようだったが、彼は助手の女性が姉妹であることを知っていた。どこかで力先生のことを調べているのだろうか。

居心地の悪さを感じながら、小杉氏の横顔を眺めた。彼は、深い思考の中に沈み込んでしまっているように見えた。

小杉氏とは空港で別れて、モノレールに乗った。

「迎えの車がきているので」

彼はにこやかに、そう話すと、ぼくに右手を差し出した。最後まで、彼のペースに呑まれたまま、ぼくは貼り付いたような笑みを浮かべていた。

なんというか、力先生とは正反対のタイプだな、と考える。育ちがよさそうで、やることが気障《きざ》なのに、わざとらしくない。あんなに自然に握手を求められたのははじめてだ。まるで映画の中みたいな仕草で。

「なんか、調子が狂うなあ」

颯爽《さつそう》と、空港を出ていく彼の後ろ姿を思い出して、ぼくはため息をついた。

モノレールは間もなく浜松町《はままつちょう》に着く。山手《やまのて》線に乗り換えて、目的地へと向かった。

メモ帳を出して場所を確かめた。目的の記者会見があるのは、都心の巨大ホテルだった。芸能関係の記者会見などがよく行われる場所だから、ぼくも二度ほど行ったことがある。

駅を出てホテルに向かっていると、顔見知りの姿を見かけた。

「村田《むらた》さんじゃないですか?」

何度か仕事をしたことがあるライターは、こっちを見て驚いたように目を丸くした。

「おや、小松崎さん。もしかして、『時のかけら』の記者会見に?」

「そうです。ちょっと事情があって」

並んで歩きながら、東京までくることになった経緯《いきさつ》を説明する。

「そりゃあ、遠いところご苦労様です」

目的のホテルの入り口には、「『時のかけら』記者会見会場」という看板が掛かっていた。

「時のかけら」は、大ヒットした少女漫画の映画化である。手がける金村武生《かねむらたけお》は若手だが、若者にカリスマ的な人気のある監督だ。自然とマスコミの注目も集まってくる。

バンケットへのエスカレーターを昇りながら、ふいに村田が言った。

「そういえば、こんな話は知ってますか?」

内容も話さず知っているかもないものだが、もったいぶってしまうのは、情報を扱うものの癖だ。ぼくは苦笑しながら答えた。

「なんですか?」

「『時のかけら』の準主役に決まっていたはずの、出水梨央《いずみりお》が病気で降板するらしいですよ」

「出水梨央？」

たしかに前もって渡されていた資料には、その名前があった。だが、実を言うと、ぼくはあまりよく知らない。若手女優なのだろうが、まだそれほど知名度は高くない。

「ほら、あのミネラルウォーターのコマーシャルに出ている女の子ですよ」

村田に言われて、思い出す。たしかに、そのコマーシャルには、清潔感のある美少女が出ていた気がする。顔ははっきりと思い出せないが、絹糸のようなストレートヘアが印象的な女の子だった。

「ぼく、あまり予備知識ないんですが、その子にとってはチャンスだったんじゃないですか？　もったいないですね」

「ああ、たしかに、主役の津田麻理恵《つだまりえ》はすでに人気女優だから、それとくらべたら抜擢《ばってき》と言えるかもしれないですね。でも、梨央の方も、グラビアなんかでは結構注目されているし、明るいキャラクターが受けて深夜番組に出たりもしてる。写真集も出ていますよ」

やはり芸能関係に疎《うと》いというのは、マスコミ関係としては致命的かもしれない。帰りに書店でものぞいてみようと考える。村田は話を続けた。

「そういえば、彼女は、津田麻理恵と故郷の山梨で同じ中学だったらしくて、元同級生が同級生を演じる、なんて評判だったんですよ」

時間ぎりぎりについたせいか、会場はすでにほぼ満員だった。写真などはプレスからまわしてもらう約束になっているので、前の方に行く必要はない。

村田は一緒に組むカメラマンを見つけて、なにか相談している。ぼくは適当な席を見つけて座った。

ほどなく記者会見がはじまった。写真で見たことのある金村監督を先頭に、数人の俳優が出てきた。

ヒロインの津田麻理恵は、少年のような顔立ちが親しみやすい印象を与える若手女優だ。飛び抜けた美人ではないが、不思議と目が引きつけられるような魅力があって、中学生くらいのときから、何本もの映画で主役を張っている。まだ十代のはずだが、すでに風格を感じさせる佇《たたず》まいで、監督の横に並んでいた。

映画のストーリーなどの説明があった後に、監督がマイクを取って話し始めた。

「集まっていただいた皆様に、ひとつご報告があります。ヒロインの親友役の出水梨央さんが、体調不良のため降板されることになりました」

そこで監督は一度、マイクを口から離した。会場は特にざわついた様子もない。すでに噂は伝わっていたらしい。

「彼女は、ぼくにとってカヨコのイメージに非常に近い女性だったので、今回のことはとても残念です。代役はまた近いうちに発表いたします」

マイクは津田麻理恵に渡された。

「梨央さんとは、同じ中学だったので、撮影で再会できるのを楽しみにしていました。とても残念です。早く回復されて、復帰されるのをお祈りしています」

芸能界が長いだけあって、若さに似合わないそつのないコメントだった。ぼくはメモを取りながら、彼女をまじまじと眺めた。

スクリーンの中では、普通っぽい女の子に見えた津田麻理恵だが、実物は信じられないほど顔が小さくて可愛い。やはり、そこらを歩いている女の子とは、別物だ。

出水梨央に関する言及はそこで終わり、その後は役者たちの挨拶が続いた。

女子高生たちが、夏休みに訪れた高原で不思議な体験をするという内容の映画らしく、登場人物のほとんどが、高校生らしい。少しだけ出てくる大人の役者たちには、いい俳優を揃えていて、力を入れていることがよくわかる。

映画の原作者や、脚本家などの挨拶の後、記者会見は終わった。

その後、写真撮影がはじまる。もともと、写真を撮ることは予定に入っていなかったので、ぼくは早めに会場を出た。この先、もうひとつ取材をして、今日中に大阪に戻らなくてはならないので時間がない。

会場を出て、エレベーターのある方に向かったとき、フロアでこそこそとまわりを窺《うかが》っている少年に気づいた。高校生か、せいぜい大学生くらいだろう。津田麻理恵のファンで、潜り込んできたのかもしれない。

少し微笑ましいような気持ちで、彼を見ながら通り過ぎようとしたときだった。少年はまっすぐぼくに近づいてきた。

「なあ、あんた、記者会見に行って来たのか？」

いきなり話しかけられて、眉をひそめた。

「そうだけど、なにか？」

「出水梨央のこと、なにか言ってたか？」

不用意に話していいのか、少し迷ったが、記者会見で発表されたことだ。夕方にはインターネットなどのニュースサイトに掲載されるだろう。

「ああ、病気で降板だそうだ」

彼は顔を背《そむ》けて、軽く舌を鳴らした。出水梨央は、グラビアなどで人気があると言っていたから、彼女のファンなのだろうか。

話はそれだけだと思い、通り過ぎようとすると、いきなり腕をつかまれた。

「なあ、いいこと教えてやろうか」

彼は声をひそめて、ぼくに言った。

「出水梨央は、病気なんかじゃない」

「じゃあ、どうしたんだ」

ぼくの質問に、彼はまわりを窺うようにしてから、答えた。

「何者かに誘拐《ゆうかい》されて、軟禁されているんだよ」

その答えの禍々《まがまが》しさに、ぼくは息を呑んだ。

「きみはいったい……」

少年はそれには答えず、ちょうどきたエレベーターに飛び乗った。後に続こうとした矢先に、閉じるボタンを押されてドアが閉まった。

エレベーターはそのまま下へと降りていった。

後ろから、がやがやと人が出てくる気配がする。写真撮影が終わったらしい。

ぼくは再度、エレベーターを呼ぶことも忘れて、そこに立ちすくんでいた。

第六章　恵

夕方、街へ出て本を数冊買った。

家にいたときは、本など読む時間もないくらいいろんなことに忙殺されていたのに、身体ひとつで飛び出してしまえば、時間はうんざりするほどある。

昼間は不動産屋をまわったり、バイトを探したり、しなければならないことはいくつかあるけれども、夜になれば退屈で押しつぶされそうだ。ただでさえ、安ホテルのベッドでは、あまりよく眠れない。

ホテルに戻って、買ってきたお総菜で夕食を取り、本のページをぱらぱらとめくっていたときだった。

ふいに、ホテル備え付けの電話が鳴った。戸惑いながら受話器を取る。

「はい？」

「……おねえさん？」

聞こえてきたのは、三日前に出ていった彼女の声だった。

「……いずみちゃん？」

「おねえさん……いてよかった……」

電話の向こうの声は、震えているようだった。小さな、泣き笑いのような声がした。

「ねえ、大丈夫？　なにかあったん」

不安に駆られて尋ねる。

「お願い……また、そこに行っていい？」

「いいわよ。大丈夫なの？」

「……うん、大丈夫……」

その返事を聞いて、やっと胸を撫で下ろした。

「今、どこにいるの？」

「下の公衆電話……」

どうしてあがってこないの、と言いかけて気づいた。このホテルは、夜は滞在者しかエレベーターが使えないようになっているのだ。

「すぐ、降りていくから待ってて」

電話を切ろうとしたとき、彼女はかすかな声で言った。

「……ありがとう……」

上着を羽織って、靴を履《は》きながら、わたしは苦笑いした。追い返すなんて選択肢は、まったく頭になかった。最初に彼女を拾ったときには、やっかいごとを背負い込んだような気分になってしまったけど、結局それを引き入れたのはわたしだったようだ。

今、彼女が現れて、わたしは少しほっとしている。

エレベーターは一階のロビーについた。ドアが開く。

彼女はちょうど、ドアの前で待っていた。はじめて会ったときのように、深くフードを被って。

彼女がエレベーターの中に入ってくる。わたしは自分の部屋のある五階のボタンを押した。

彼女はしばらくなにも言わなかった。ふいに、鼻につくような匂いを感じて、わたしは息を呑んだ。

血の匂いだった。

「どうしたの？　怪我《けが》でもしたの？」

彼女は力が抜けたようにわたしに寄りかかってきた。動いた拍子にフードがふわりとずれる。

彼女の頭には白い包帯が巻かれていた。

「ちょっとそれ、どうしたん？」

「病院行ったから……大丈夫……」

そういう彼女の顔は蒼白《そうはく》だ。エレベーターは五階に着き、わたしは彼女を支えるように部屋に戻った。

彼女はまるで崩れ落ちるようにベッドに倒れ込んだ。コートを脱がせてやると、面倒くさそうに腕だけを動かした。

「水、飲む？」

尋ねると、目を閉じたまま頷いた。冷蔵庫からミネラルウォーターのボトルを出して、コップに注いだ。

差し出したコップを受け取って、彼女は一口だけ飲んだ。

「眠っていい？」

「いいよ。ゆっくり休んで」

わたしがそう言うと、彼女は安心したように深いため息をついた。そのまま目を閉じて、動かなくなる。すぐに規則正しい寝息が聞こえてくる。

よほど、疲れていたのだろう。わたしは手を伸ばして、彼女の頭の包帯に触れた。たしかに手慣れた人間の巻き方で、病院に行ったというのは嘘ではないようだ。

だが、彼女に一体なにが起こったのだろう。

不安な気持ちで、眠っている彼女を見下ろす。布団をかけようとして、彼女が毛糸のカーディガンを羽織ったままであることに気づいた。それを脱がしてやる。

袖から腕を抜き取る拍子に、シャツの胸のボタンが外れた。直してあげようと手を伸ばしたとき、シャツの隙間から肌が見えた。

思わず、ボタンを外した。そこには、青く鬱血《うっけつ》した痣《あざ》がいくつもあった。


その夜、一睡もせずに、わたしは朝を待った。

彼女はすうすうと、心地よさげな寝息をたてながら、寝返りも打たずに眠り続けている。彼女の隣りに潜り込んで、寝てもよかったけど、なぜか目が爛々《らんらん》と冴《さ》えて、そんな気分になれなかった。

彼女の身体に残っていたのは、暴力の跡のように思えた。交通事故かなにかという可能性もないわけではないのに、どうしてもそんなふうには考えられなかった。

たぶん、彼女の髪のせいだ。はじめて会ったときから、ずっとそのままのざんばらの髪。美容師が鋏で切ったショートカットは、いくら無造作にしても、こんなに痛々しくはない。

彼女が起きたら、なにがあったのかを聞き出さなければならない。これまでは、わたしも真剣に彼女を心配していなかった。彼女とは赤の他人だし、深入りすることを避けていた。今度こそ、真剣に、彼女の話を聞かなければ。

だが、そう決心した後、すぐに不安になる。もし、彼女がひどい目に遭っているのだとしても、わたしひとりでなにができるのだろう。警察に一緒に行くことくらいはできるが、警察に行ってなんとかなることなら、彼女ひとりでも駆け込むはずだ。

そうすることができないから、彼女は怯《おび》えている。

わたしはきつく唇を噛んだ。

力先生なら、どうするだろうか。なにかいい方法を見つけだしてくれるだろうか。

そう考えて、わたしは苦笑した。

結局、またわたしは先生を頼ろうとしている。彼女をだしに、先生の下に戻る口実を探そうとしている。

わたしは小さく声に出して言った。

「もう、あそこへは戻らない」

声に出すと、それはもう決まったことのように思えた。

「……おねえさん……？」

彼女がふいに、目を開いた。眠そうに、何度も目を擦《こす》る。

「ごめん、起こした？」

「んん……」

毛布をより深くかぶって、彼女は寝返りを打った。壁の方を向く。

また、眠ったのだと思って、床に座り直した矢先に、彼女は言った。

「おねえさんが、まだいて、よかった」

「え？」

「もしかしたら、もうこのホテルにはいないかもと思ってた。まだ、いてくれて、よかった……」

かすれた声だった。彼女の不安が伝わってくるようで、わたしはまた唇を噛んだ。

わたしはそんなふうに思ってもらえるような人間じゃない。彼女が最初に訴えた不安も、適当に聞き流した。少しも優しくなんてしなかった。

「ねえ、おねえさん、妹いる？」

いきなり、そう尋ねられて驚く。

「いるよ。どうして？」

「わたし、おねえさんの妹に生まれたかった」

自然に拳《こぶし》を握りしめていた。爪が皮膚に食い込むほど強く。

そうして、言った。

「わたしの妹になんか、ならへんでよかったんよ」

「え？」

彼女はこちらを向いた。闇の中でぼうっと、彼女の白い輪郭《りんかく》が浮き上がる。

笑って言った。

「わたし、妹から逃げてきたの」


あの日のことははっきりと覚えている。わたしと妹の間にあった、わずかなあたたかい繋《つな》がりを、断ち切ってしまった日のこと。けれども、今になって思う。もしかすると、その繋がりは、とっくの昔に冷えてひからびた残骸《ざんがい》となっていたのかもしれない。

わたしは高校生で、あの子は中学の古めかしいセーラー服を着ていた。今思えば、まだわたしたちは子供で、なにも知らなかった。でも、その少ない知識の中で、わたしたちは、知ってしまっていた。世界がわたしたちに優しくないことを。

妹とわたしは、ふたりきりのとき、ほとんど口をきかなくなっていた。喋るのは、おせっかいだけど優しい叔母《おば》さんがきているときと、そうして、たまに父が家族ごっこをしたがったときだ。

普段、父はわたしと妹の関係に興味を示すことなどなかったけど、ときどき、いきなり「三人で旨《うま》いものを食いに行こう」などと言い出すのだ。そうして、中華料理店や焼き肉屋にわたしたちを連れて行く。

そのとき、父は始終上機嫌だった。普段は、興味も示さないわたしの学校の成績や、妹の交友関係について、くわしく聞きたがり、口を挟《そこ》みたがる。

そこでは、楽しげにしていないと、父の機嫌を損ねてしまう。だから、わたしたちは、そんなときだけ、話をして、冗談を言って、そうして笑った。家に帰れば、顔さえ見なくなることを知っていながら。

たぶん、そんな日常が臨界点に達したのだと思う。

その時期、わたしの身体は少しおかしかった。微熱が続き、なにをしてもだるく、風呂に入るのも、学校に行くのもおっくうだった。

声色をかえて、学校に「具合が悪いので休ませます」という電話をしたあと、電話を切って振り返ったとき、妹がそこにいた。明らかに、わたしを軽蔑《けいべつ》した顔をして。

その表情を見たとき、無性に腹が立った。彼女は小さく、莫迦《ばか》みたい、と呟いて、わたしの横を通り過ぎた。

ちょうどそのとき、妹は受験生だったから、それにかこつけた嫌みのようなものを言ったような気がする。妹は振り向いて、わたしに言った。

「心配しなくても、お姉ちゃんよりはましな高校へ行くから」

たしかに、妹はわたしよりも成績がよくて、レベルの高い高校を志望校にしていた。それを聞いて、わたしはかっと、頭に血が上るのを感じた。

「別にわたしは、大学も行かないし、就職もしないから、いい高校に行かなくてもいいし」

「じゃあ、どうするのよ」

わたしの誘いに引っかかって、その疑問符を口にした彼女に、わたしは笑って言った。

「父さんと、結婚でもしようかな」

本当は、そのときわたしはもう知っていた。たとえ血縁がなくても、親子関係があれば結婚などできない。けれども、妹はそんなこと知らないと思っていた。

考えていたとおり、妹の表情が変わった。絶対泣くと思っていたのに、彼女は泣かなかった。わたしに向かって、つかみかかってきた。

「汚い！　あんたも父さんも汚い！」

拳で胸を何度も殴られたけど、痛みは感じなかった。へたくそな殴り方だった。わたしも妹の肩をつかんで、壁に押しつけた。

「嫉妬《しっと》してるんでしょう。わたしと父さんのこと」

不思議なことに、妹に投げつけられたことばよりも、自分がなにを言ったかの方が、きつく胸を抉《えぐ》るのだ。

わたしたちは、とっくみあって、廊下をごろごろと転がった。妹の拳は形だけで、わたしを傷つけなかったし、わたしも妹を傷つけたいとは思っていなかった。

ただ、どうしようもないような衝動がわたしたちの中を暴れていた。

憎いというよりも、むしろ悲しかった。

その後、わたしたちは、父の前でも仲良しを装うことをやめてしまった。そんな家族関係がいつまでも続くわけはなく、わたしたち家族は、その後、何年かの間にばらばらになったのだけど。

あの、なにもかも叩きつぶしてしまったような震災があって、わたしたちの家は跡形もなく壊れた。どこかで避難生活を送らなければならなくなって、父と歩は岡山にある叔母の家へ、そうして、わたしは大阪の遠縁の人に預けられることになった。

父がそう決めたことは、心のどこかを殴られたような気持ちだった。父はわたしではなく、歩を選んだのだと思った。もちろん、叔母の家は三人も預かれるほど広くはなかったし、父と別に暮らすのは、年上の姉の方が自然なことは、頭では理解していたのだけど。

その遠縁の家族は、とても親切だったけど、わたしは一年も経たないうちに、男を作って、その家を飛び出した。

妹を憎んだりは、もうしていないけれど、それでも、あの日の記憶は決して消せはしない。わたしからも、そうして、妹からも。

「妹とは、昔、大げんかをしたの。もう二度と仲直りなんかできへんと思った。でも、ふたりとも大人になって、互いの気持ちが理解できるようになって、今では普通に振る舞えるようになったんやけど、それでも、わたし、ときどき、夢を見るんよ。あの子の頬をひっぱたいていたり、あの子を罵《ののし》っていたり、ひどいときは拳で殴ったり……」

うっすらと空は白んできて、狭い部屋にも明け方の光が差し込んでくる。その中で、わたしは語り続けていた。

彼女は目を見開いたまま、わたしの話を聞いていた。

「これは、夢。昔の夢で、もう終わったこと。そう何度も言い聞かせたけど、あの子の頬をひっぱたく、嫌な感触は、目が覚めてからもずっと、わたしの手に残っていて、どうしていいのかわからなくて……」

わたしは壁の方を向いて笑った。

「結局、わたしはまだ妹へのわだかまりが解けていなくて、妹を本当に許せたわけでもなくて、それはもしかして、妹も同じじゃないかなあ、と思って」

そうして、わたしは大阪を飛び出した。

「もしかしたら、妹の方は、わたしのことを、本当に許してくれているのかもしれへんと思ったけど、だとしたら、なおさら自分が卑《いや》しく感じるし」

どちらにせよ、もう二度と、あんなことになるのは嫌だった。

離れてしまえば、わざわざ戻ってまで妹を傷つけることなどしないだろう。だが、一緒にいれば、ふとした拍子に言ってはならないことを、言ってしまう気がした。触れてはならない傷に触れてしまう気がした。

もともと、わたしはそういうことをしてしまうように生まれついているのだ。開けてはならないと言われれば、今まで開けたいと思わなかった扉を開けたくなってしまう。

男と寝ることを繰り返すのも、似たようなものだ。わたしはおそるおそる、お化け屋敷に踏み込むように、男を誘う。相手が誘いに乗れば、それで、自分に魅力がないわけではないとわかって、安心する。乗ってこなければ、それで、ひとりで眠れることにほっとする。

自分でも、どうしようもない莫迦だと思う。でも、それがわたしだった。

「だから、逃げてきたの」

ベッドに寄りかかるようにして、わたしはそう呟いた。

「だから、わたしの妹になんか生まれなくてよかったんよ」

彼女はしばらくなにも言わなかった。眠ったのかと思ったほどだった。

話すことに疲れて、少しうとうとしたときだった。

「でも、おねえさんは、妹さんを傷つけたくなくて、それで逃げてきたんでしょう」

顔を上げると、彼女の真剣な表情が目の前にあった。

「そういうのは、憎んでいるとは言わないと思う」

そのことばはどこか遠いところから聞こえたようだった。

彼女がそう言ってくれたからといって、わたしが見た夢は消えない。わたしが実際に妹に向かって罵ったことばも消えないし、忘れることすらできない。

けれども、肩に貼り付いた重さが少しだけ消えた気がした。

潤んだ目元を拭って、わたしは横たわったままの彼女を見た。

「わたしの話はしたから、今度はあなたの話を教えて」

痛みや怯えも、あますことなく。


「銀座に行ったときのことを覚えてる?」

彼女はしばらくの沈黙の後、そう言った。

「覚えているよ、どうして」

わたしは、自分の服を着た彼女に妹を思いだし、彼女は悪戯《いたずら》書きされたポスターを見て、顔を強ばらせていた。たった数日前のことなのに、ずいぶん前のように思えた。

「あのとき、わたしのことをリオと呼んだ人がいたよね」

思い出した。なれなれしい口調で、彼女をそんな名で呼び、フードに手を掛けた。

彼女はまっすぐにわたしを見た。朝の光が部屋に差し込み、彼女の瞳孔《どうこう》に光彩を作る。

「わたしが、そのリオなの」

浮かんだ疑問を口に出す。

「いずみちゃんやなかったの?」

彼女は頷いた。

「名前は坂倉《さかくら》泉《いずみ》」

「じゃあ、なんでリオ?」

「芸名」

彼女はベッドから身体を起こした。

「おねえさん、テレビとか見ないんだね」

「全然見ないわけやないけど……そうね、あんまり見ないかも」

「うん、でも、おねえさんがわたしのこと知ってたら、おねえさんに付いていかなかったし、よかったと思ってる。おねえさんがわたしを知らなかったこと」

わたしは壁にもたれて、彼女の話を聞く体勢になった。

「テレビによく出てるの?」

「よくじゃないけど、この間からCMやってるから……。街で見られることも増えたかも」

彼女の顔をまじまじと見た。たしかにきれいだから、モデルや女優としても充分通用するだろう。でも、芸能人なんて、もっと明るい性格の子ばかりだと思っていた。彼女は、どこかおどおどとしていて、そういう雰囲気はあまりない。

「それで、どうしてこんなことになったの？」

そっと、頭の包帯に触れると、彼女は肩をすくめた。

「怖くなって逃げたの」

「怖いって、なにが？」

「おねえさんにはわからない」

また堂々巡りだ。わたしはため息をついた。

「じゃあ、その怪我はどうしたの？　その髪は？　だれかに暴力をふるわれたんでしょう」

彼女は、少し迷ってから口を開いた。

「事務所の人」

驚いた。事務所の人間なら、所属のモデルやタレントは、大切な商品みたいなものではないか。それが暴力をふるうだなんて。

だが、ヤクザが芸能界に絡んでいるという話はよく聞く。自分には縁のない世界だが、そういうこともあるのかもしれない。

「やめたいって、言ったの。この仕事は向いていないから。そうしたら、おまえを売り出すのには、何百万も金がかかっているんだって、それを返さない限りやめさせてくれないって言われて……」

「それで、逃げ出したの？」

彼女はこくんと頷いた。

「おねえさんにばかり、世話になっているわけにはいかないから、昨日自分の部屋に帰ってきたの。お金と荷物を取りに。そしたら……そこに事務所の人がいて……」

彼女は声を詰まらせた。そこで暴力をふるわれたのだろう。逃げたといって責められて。

「ひどい……警察沙汰《ざた》にしてもいいほどだよ」

彼女はぶんぶんと首を横に振った。

「でも、もし契約違反だって、訴えられたら……わたし、そんな大金払えない」

大丈夫だ、と言ってやりたいけど、少し不安になる。彼女がどんな形で所属の契約をしたのかわからない以上、訴えられることがないとは言えない。

「明日になったら、インスタントカメラを買って、傷を撮影しておきましょう。もし、向こうが訴えてきたときに、有利な証拠になるから」

勇気づけるつもりで言ったのに、彼女の顔は泣きそうに歪《ゆが》む。

「戦うのなんて嫌……、そんなことしてもかないっこないもの。わたし、もう逃げたい」

「いずみちゃん」

わたしは彼女の顔を覗き込んだ。

「大丈夫。怖がらないで。もし、あなたに頼る人がいないのだとしても、わたしが力になってあげる。わたしだけじゃ頼りないだろうけど、わたしの友達もいる。きっと協力してくれるはずよ」

卑怯《ひきょう》なことに、わたしの頭には力先生や小松崎くんの顔が浮かんでいた。けれど、あの人たちなら、きっと彼女に手を差し伸べてくれる。力先生が、最初わたしと妹に手を差し伸べてくれたように。

彼女はしばらくうつむいていたが、やがて、小さく頷いた。


異変を感じたのは、その日の午後だった。

一眠りしてから、フロントで、もうひとり増えたことを報告して、部屋を替えてもらうことにした。

ついでに買い物に行こうと、ホテルを出たときに、ふいに背中に視線を感じた。

振り返ると、一階のレストランの窓からこちらを見ている男と目があった。男はあわてたように、新聞で自分の顔を隠した。

コンビニで買い物を済ませて、戻ってくると、その男はまだ窓際の席にいた。まるで、だれかを待っているように、新聞から何度も顔をちらちらと上げ、ホテルの入り口を監視している。

ただの過剰反応ならいい。けれども。

部屋に帰って、ぼうっとベッドに座っている彼女に尋ねた。

「つけられたってことはない？」

「わかんない……でも、あるかも……」

とっさに考えた。彼女は、東京にいない方がいいかもしれない。

財布を探って、中から一枚の名刺と二万円を取りだした。それを彼女に渡す。

「裏口から出て、大阪に行きなさい。この人を頼って」

彼女は怯えたように顔を上げた。

「大丈夫、頼りになる人やから」

「おねえさんは？」

「わたしはまだ、しなくちゃならないことがあるから」

彼女はしばらく名刺を見つめていた。

「後からきてくれる？」

見上げた瞳は、昔の妹によく似ていた。わたしを頼るまっすぐな視線。

だから笑った。

「必ず行くわ」

第七章　小松崎

「アホかーっ！」

一喝《いっかつ》されて、ぼくは、怯えた亀のように首をすくめた。

「なんで、そんなおいしいネタ拾ってきておいて、そのまま帰ってくんねん」

「おいしいネタって……たぶんガセですよ」

「なに言うてんねん。ガセかもしれへんけど、きちんと裏を取る。それが記者の務《つと》めやないか」

編集長のことばはたしかにもっともだ。電話で確認しなかったぼくも悪い。

だが、電話で話をすると、絶対に東京に残れと言われたはずだ。それはなんとしても避けたかったのだ。

出水梨央が誘拐されたなんて、まるでドラマみたいな事件だ。

「ともかく、おまえ、明日また東京に行け。それで、出水梨央の事務所を取材しろ」

「ええーっ」

思わず、不満げな声が出てしまう。

「なに、宿題を出された小学生みたいな声あげとんねん」

「二日連続、東京日帰りなんてきついっすよ」

だいたい今ももう、夜の十時をまわっている。飛行機の往復でへとへとに疲れて、さっさと帰りたいと思っているのに。

編集長はじろりとぼくを睨んだ。

「心配するな。明日は日帰りやなくてええ。泊まってこい」

「そういう問題やないっすよー」

というか、むしろ悪い。できるだけ大阪を離れたくない時期なのに。

「それに、うち、『時のかけら』の協賛も同然やないですか。そんな記事書くわけにはいかんでしょう」

「なに言うてんねん。映画に出る役者の色恋沙汰を暴《あば》くわけやなし、もう降板した女優やろう。それに、犯罪絡みとなると、いつまでも隠し通すわけにはいかん。もし、ほんまやったら、必ずどこかが嗅《か》ぎつける。それがうちであって、なんであかんねん」

「……まあ、そうですけど」

いかん。また、論破された。しかし、反論しようにも頭が疲れで錆《さ》びついていて考えが働かない。ぼくは抵抗を諦《あきら》めた。

「わかりました。行ってきます」

「わかったらええねん。まあ、今日は早く帰れ」

親切ごかしにそう言うが、すでにこの時間では早い帰宅とは言えない。

ともかく、さっさと取材をすませて、大阪に帰ってくるしかない。ぼくは挨拶をして、編集部を出た。

社の通用門を出たところで、歩ちゃんの携帯に電話をかける。もう遅いが、声だけでも聞きたかった。

機械的な声が、電波の届かない場所にいることを告げ、ぼくはため息をつく。帰っているかもしれないと思って、部屋の方にかけたが、こちらも留守番電話が空虚な響きで留守を告げる。

最後に駄目もとで、合田接骨院にかける。

数度の呼び出し音のあと、受話器が取られた。

「はい、合田接骨院」

不機嫌そうな声は、力先生のものだった。

「あの……ぼくです。小松崎です」

「ああ、なんや、こんな時間に」

なんと言おうか迷っているうちに、察したのか力先生が少し笑った。

「歩なら、実家に帰ってるわ。恵のことでな」

「恵さん、連絡あったんですか？」

「いや、ない。だから、手がかりを探しに帰った」

ということは、今日は彼女の声を聞くこともかなわないということか。ぼくはがっくりときて、ビルの壁にもたれた。

「どうした。おまえ、今、どこや」

「会社を出たとこです。これから、帰ろうと思って……」

「ふうん。どや、それやったらこっちけえへんか？　星がきれいやで」

「へ？」

意外なことを言われて、上を向く。たしかに星は出ているが、わざわざきれいと言うほどのことではない。

「どうしたんですか、先生。なんか悪いもんでも食べはったんですか？」

「アホ、ともかくこっちゃこい」

そう言って、電話は切れた。ぼくはため息をついた。

だが、身体は疲れているものの、なんとなく物足りないような、寂しい気分だった。このまま、まっすぐ帰るよりも、力先生とでも話した方が気が晴れるかもしれない。

ぼくは方向転換をして、合田接骨院のある雑居ビルへと向かった。

屋上に続く階段を昇って、非常ドアを開けると、力先生は屋上にパイプ椅子を引っ張り出して、そこに座っていた。

「おう、きたか」

機嫌よさそうに、そう言う。夜風がびゅうびゅうと渦を巻いているのに、まったく平気らしい。

「先生、ここ寒いっすよ」

「アホか、冬が暑くてどうすんねん」

そう言いながら、先生はプレハブの中に入って、もうひとつパイプ椅子を持ってきた。

「中で話しましょうよう」

思わず情けない声で訴える。先生はにやりと笑った。

「上、見てみい」

言われたとおり、上を向いた。そこには、さきほど通りで見たのとは違う星空があった。

まわりのビルが、ネオンで彩られていないせいだろうか。星は凍《い》てつくように冷たく輝いている。

「ほら」

いきなり手にマグカップを握らされた。あたたかい湯気が上がっていた。

「なんですか、これ」

「おれの特製梅酒や。うまいぞ」

顔を近づけると、甘酸っぱい香りがする。舌が火傷《やけど》しそうな液体を一口飲むと、熱い塊が喉《のど》を通り抜け、体中に広がった。

それだけで、寒さが急に和《やわ》らいだ気がした。

ぼくはマグカップを持ち直すと、パイプ椅子に腰を下ろした。

梅酒のお湯割りを啜りながら、空を眺めた。冬だから空気が澄んでいるのだろうか。大阪のど真ん中とは思えないほど星が近い。もちろん、田舎とは比べものにならないけど。

「力先生もお酒飲むんですね」

「ん、花梨《かりん》酒も漬けてるから、欲しかったら分けてやるで」

梅酒は、普通に売っているものより優しい香りがした。昔、祖母が漬けていた梅酒を思い出す。

弱いアルコールが少しずつ身体に染み渡っていく。疲労感が解けていくようだった。

「歩ちゃん、実家に帰ったたって……」

ポットから自分のマグカップに湯を足していた力先生が、ん？　という顔をする。

「ああ、恵の友達に話を聞くとか言うてな。まあ、じっとしてても気が滅入《めい》るだけやろうから、自分にできる限りのことをやったほうがええねん。恵のためというよりも、自分のためにな」

先生のことばは、恵さんが帰ってこないことを想定しているみたいで、ふいに悲しくなる。

「歩ちゃんの実家って、どこなんですか？」

「淡路島《あわじ》や。今度、一緒に海水浴にでも行けや」

そんなのんきな話をしている場合ではない。

ぼくは、立ちあがって、フェンスから下を見た。街灯の下を、少し酔った大人たちが歩いているのが見えた。

「なんか、虚《むな》しくなるなあ」

「なんでや」

「人って、簡単にいなくなってしまうんやなあ、と思って。連絡の手段がなくなってしまったら、都会の中でたったひとりを捜し当てるなんて、絶対無理ですよね」

どんなにその人に会いたいと思っても、思いだけで辿り着くなんてできない。

「それでも、なにかから逃げたい人もおるわな。そういう人間が、どこへも逃げられへんというのも不幸やろう」

先生が言ったことばに驚いた。

「恵さんは、なにかから逃げたいと思っていたと言うんですか」

「さあな。恵のことは、恵でないとわからんわ」

それはたしかにそうだけど。ぼくはため息をついて、先生の隣に戻った。

「もし、大事な人がいなくなっても、ぼくにはなにもできないんでしょうか。ぼくがいなくなったって、みんなそんなこと、忘れてしまうんでしょうか」

肩を勢いよく叩かれた。にやついた先生の顔を見て、自分がやけに感傷的になっていることに気づく。

「そんなことは言ってへんやろう。もし、恵がだれかにさらわれたとか、事件に巻き込まれたんやったら、おれかて、探す。なんとしてでも、探す」

恵さんは自分の意志で消えた。力先生はそう考えているから、こんなに落ち着いているのだろう。

「恵のことやから、どこかに行ったって、そこで自分なりの答えを見つけるやろう。おれはそう思っている」

先生は自信ありげにそう言った。だが、ぼくは、そんなふうに強い気持ちでいられない。

マグカップの中に残った梅酒をひと息で飲み干した。先ほどの焼け付くような熱さではなく、優しい温かさが、胃に広がっていく。

「そう思えなかったら、自分の気の済むだけ、探したらええんや。歩もそうしている」

「はあ……」

歩ちゃんは今、どうしているのだろう。不安に追いつめられていないといい。傷ついていないといい。

力先生は立ちあがって、パイプ椅子を片づけはじめた。

「そろそろ帰るか。明日も仕事やろう。自転車で送ってやろうか」

「結構です。飲酒運転ですよ」

「ああ、そういえばそうやな」

よく考えれば、ふたり乗り自体が、道路交通法違反なのだが。

ふたりで、パイプ椅子をプレハブの中に戻した。先生はプレハブの電気を消し、鍵を閉める。

エレベーターで一階まで降りて、先生が自転車を出すのを待った。ぼろぼろの自転車を引きずって出てきた先生に、梅酒の礼を言い、ぼくは地下鉄の駅に向けて歩き出した。

「そういえば、小松崎！」

ふいに呼ばれて、振り返った。力先生が自転車を引きながら追いかけてくる。

「さっき、おまえ、自分がいなくなっても、みんな忘れてしまうんやないかって言ったよな」

「あ……はい……」

センチメンタルな気分で口走ってしまったことばに、また言及されるのは恥ずかしい。

「言っておくが、おまえはそういうことしたら、あかんで」

「え？」

「勝手にいなくなったりしたら、あかん。そう言ってるんや」

先生の言っていることがわからずに、瞬《まばた》きをした。先生は、ひらりと自転車に跨《また》がった。

「だれかのかけがえのない人間になるというのは、そういうことや。じゃあな」

先生は、そう言うと、そのまま自転車を漕《こ》ぎだした。しだいに遠くなっていく背中を見つめながら、ぼくは歩ちゃんのことを考えた。

彼女の声が聞きたいと、心から思いながら。


次の日の朝、新幹線でまた東京へと向かった。

搭乗を待つ間に、出水梨央の事務所へ電話を入れる。電話に出た女性は、いかにも何度も繰り返されたような説明をした。

「出水梨央は、二週間ほど前から咳と微熱が続いており、病院で検査をした結果、結核であることがわかりましたので、しばらく入院することになりました。もし、よろしければ、彼女からのメッセージがありますので、ファックスさせていただきますが」

ファックスは編集部に送ってもらうことにして、ぼくは改めて尋ねた。

「命に別状はないのですね？」

「ございません。本人も、入院してはおりますが、元気です。数カ月の休養期間は必要になると思いますが、その後芸能活動は続ける予定です」

女性の声からは、なにかを隠そうとする意思は感じられなかった。なにも知らないだけかもしれない。

ぼくは礼を言って電話を切った。

東京に着いて、編集部に電話をかけた。梨央の資料を沢口に集めてもらっていたのだ。メールで送ってもらうことにして、喫茶店に入り、持参のパソコンでメールチェックをした。

出水梨央のプロフィールや、今まで出たＣＭやテレビ番組、彼女のインタビュー記事などが、送られてきていた。写真の彼女は、シャンプーの広告が似合いそうな、ストレートヘアの可愛らしい女の子だった。

水着姿のグラビアをスキャンしたものもあったが、色っぽいというよりもむしろ可憐《かれん》な印象だ。クラスにひとりいる、大人しくて物静かな美少女といったイメージで、見ていると甘酸っぱいような気持ちになる。だが、その一方、インパクトが薄いのも事実だ。彼女みたいなアイドルは、今まで無数に出てきて、無数に消えていっただろうし、これからもそうだろう。

もちろん、アイドルを見る目が肥えているというわけではないから、大化けする可能性も捨てきれないのだが。

ぼくは写真を閉じて、彼女のプロフィールを検分することにした。まだ十七歳、高校は行ってないらしい。他は、スリーサイズだの、趣味、音楽鑑賞だの、当たり障りのないことしか書いていていない。

デビューしてから日は浅いようで、例のミネラルウォーターのコマーシャルで、注目を浴びたらしい。ほかに深夜番組のレギュラーをひとつ持っているが、これは大阪では放映されていない。

ぼくはしばらく考え込んだ。

彼女の家族や、仲のよかった友人に当たるのがいちばんいいのだが、今のところ、その伝手《つて》はない。ならば、事務所に突撃するのも悪くないかもしれない。

もし、噂がデマなら、簡単にその証拠を出してくれるかもしれない。事務所だって、そんな妙な噂を立てられるのを嫌うだろう。

そうすれば、仕事は終わり、ぼくは大阪に帰れることになる。

事務所の場所を調べると、パソコンを閉じた。

ふと、思い出して、もう一度歩ちゃんに電話をかけた。やはり、電話は繋がらず、ぼくは憂鬱《ゆううつ》な気持ちで喫茶店を出た。

門前払いも覚悟の上だったが、意外にすんなり、出水梨央のマネージャーに会うことができた。

事務所の片隅、パーティションで区切られた応接コーナーで少し待たされた後、若い男性が近づいてきた。

「出水のマネージャーです」

差し出された名刺には木下継雄《きのしたつぐお》と書いてあった。

少しふっくらとした顔と、坊ちゃん刈りのような髪型のせいで、背広を着ていなければ学生にも見える。柔和《にゅうわ》そうな青年だった。なぜか、どこかで見たような記憶があった。

「出水の休養についての取材でしょうか。そちらの編集部にコメントをファックスさせていただいたと思いますが」

「ええ、そうなんですが……」

どうやって、切り出していいのか悩む。ぼくの反応を不審に思ったのか、彼は眉をひそめた。

「なにか?」

「梨央さんは、本当にご病気なのでしょうか」

彼の眉間の皺が深くなる。まわりを窺うようにして、ソファに座り直した。

「どういうことでしょうか」

「梨央さんが、なにか事件に巻き込まれているという噂を耳にしました」

あまりにも直球すぎるかもしれないが、搦《から》め手はもともと苦手だ。

さすがに彼も驚いたようだった。

「事件……ですか?」

「ええ、ですから、本当に病気での療養ならば、入院されている病院を教えていただきたいのです。無理に押し掛けて、彼女に迷惑をかけたりしませんから」

彼は、大きくため息をついた。

「それは、だれが言ったんですか?」

「それは言えません」

わざと、もったいぶって答えた。笑い飛ばされると思っていたのだが、意外にもマネージャーは真剣な顔をしている。

「困りましたね」

低く呟くと、彼はパーティションから事務所を見た。忙しげに働いている人ばかりで、だれもこちらに気を払っていない。

彼は座り直して、手を膝に置いた。まっすぐにぼくを見る。

「だれにも言わないと約束してくれますか?」

「え? 病院ですか? それはもちろん」

「いえ、そうではなくて……、彼女が病気で休養というのは、事実ではないということです」

「ええっ」

それは無理だ。こっちは取材で来ているのだ。彼もそれに気づいたのか、ハンカチで汗を拭った。

「書いてもらっては困るのです。今からくわしいことをお話しします。そうすれば、こちらの方の事情もご理解いただけると思います」

「はあ……」

彼はテーブルに身を乗り出すようにして、小声で言った。

「出水は、一週間ほど前から行方不明なのです。誘拐された可能性もあります」

ぼくは息を呑んだ。やはり、あの少年のことばは真実だったのだ。

「警察には……」

「相談しています。不審な電話もかかってきていますが、悪戯《いたずら》である可能性も捨てきれないと言われています。だが、警察が動いていることを知られると、彼女の身が危ないかものなのだろうか。犯人の一味かもしれない。

木下マネージャーにも、ぼくの考えたことが伝わったらしい。

「それで、小松崎さんは、出水の噂をだれからお聞きになったのですか？」

仕方なく、ぼくは、記者会見で声をかけてきた少年のことを話した。

「ただの悪戯なのか、それとも本当に犯人のことを知っているのか……」

首を捻る木下マネージャーを見て、ぼくは気づいた。思わず、口に出す。

「あの……、前、テレビとか出てませんでした？」

彼は二、三度瞬きすると、苦笑した。

「ああ、昔は芸人をやっていたんですよ。売れなくて足を洗いましたけどね」

その困惑したような表情で、ぼくは真剣な話の最中に、間抜けな質問をしてしまったことに気づく。小さな声で、すみません、と謝った。

「小松崎さんですね。あなたの話は警察に伝えてもよろしいでしょうか」

「もちろんです」

「もしかしたら、警察から連絡が行くかもしれませんから、お泊まりのホテルを教えていただけませんか？」

言われたとおりに、宿泊予定のビジネスホテルを告げる。

「携帯の番号は、名刺に書いてありますので、そちらに連絡下さってもかまいません。もしかしたら大阪に帰るかもしれないので……」

「わかりました」

マネージャーはぼくを、エレベーターの前まで送ってくれた。

「不躾《ぶしつけ》に押し掛けてすみません。梨央さん、早く見つかるといいですね」

彼は表情を曇らせて、頷いた。

エレベーターを降りて、事務所のあるビルから出る。これが真実なら、人道的な問題から、すぐ記事にはできない。編集長に連絡をして、さっさと大阪に帰ろう。

とはいえ、嫌な話を聞いた。写真で見た出水梨央の笑顔を思い出しながら考える。

彼女になにもないといい。

考え事をしながら歩き、交差点で足を止める。

赤信号を待つ間、なにげなく前方に目をやったぼくは、自分の目を疑った。

横断歩道の向こうに、恵さんがいた。

第八章　恵

夜行バスの乗り場で、彼女は不安そうに身体を縮めていた。

心細い気持ちは、わたしにも伝染し、無意識に彼女の肩を抱いていた。

「大丈夫だから」

バスが入ってくるのを確認すると、わたしはそう言った。彼女は小さく頷いた。

ホテルの裏口から出て、東京駅にくるまでの間、何度も周囲を確認した。つけられている様子はなかったが、油断はできない。

頼りないほど小さな鞄を持って、バスに乗り込む彼女を見送った。席に着いてからも、彼女は何度もカーテンをずらして、わたしの顔を見た。

やがて、発車時刻がきて、バスは静かに乗り場を出ていった。

少し肩の荷が下りたようで、わたしは安堵《あんど》のため息をついた。だが、これで終わったわけではない。まだ、しなければならないことがある。

ホテルに戻って、朝がくるまで一眠りした。夢は、壊れたフィルムのようにぶつぶつ途切れていて、なぜか眠る前よりも疲れたような気がした。

午前中、近くの本屋に行って、芸能関係の名鑑のようなものを探したが見つからず、新《しん》宿《じゅく》に出て大きな本屋を何軒かまわった。名鑑は見つからなかったが、そのかわり、出水梨央の写真集を見つけた。

それを買って、昼食を食べるためにサンドイッチの店に入った。窓際の席で写真集を広げる。

女が、グラビアアイドルの写真集など見ていると、変に思われるかもしれないが、別に人目を気にする理由もない。後ろの方に載っていた事務所の住所と名前をメモした後、わたしはぱらぱらと写真集をめくった。

そこに写っているのはたしかに、彼女だった。

だが、背中まである長い髪があまりに印象的で、今の彼女とは別人のように思える。いまどきの女の子にしては珍しく、黒々としたつややかな髪。それで縁取られた彼女の幼い顔は、少し謎めいていて魅力的だった。

わたしは、彼女のざんぎり髪を思い出した。どんな人間が、あんなひどいことをしたのだろう。

ひととおり、写真に目を通すと、わたしは写真集を閉じた。それを鞄に入れて、店を出た。

彼女の事務所へ行くつもりだった。

彼女の友達を名乗って、行方不明の理由を尋ねるふりをして、なにかの情報を引き出したい。このまま、彼女を逃げ回らせたくないのだ。

事務所の最寄《もよ》り駅まで、地下鉄で移動した。

地下鉄の出口を上がり、行き先を地図で確認して歩き出す。交差点で、信号待ちをしていたときだった。

ふいに大声で名前を呼ばれて、顔を上げる。

横断歩道の向こうに、小松崎くんがいた。

しばらくは、どうしていいのかわからなかった。小松崎くんは、大きくこちらに向かって手を振っている。

逃げなければならない、と思った。まだ信号が変わるまでに間《ま》があるから、人混みに紛れてしまえば追いかけられないはずだ。

背を向けて早足で、立ち去ろうとしたときだった。

激しいクラクションの音が響いて、振り返った。

まだ赤信号なのに、小松崎くんは交差点を渡ろうとしていた。急停車した車が、怒声を投げつける。小松崎くんは必死の形相《ぎょうそう》で、真ん中の島までたどり着いた。胸を撫で下ろすと、大声でわたしを呼んだ。

「恵さん！　行ったら駄目です！」

すでに、逃げる気は失《う》せてしまっていた。笑って彼に手を振った。

信号が青に変わると、小松崎くんはまっさきにこっちへ駆けてきた。

「恵さん……、本当に恵さんですね」

彼は真剣な表情で、わたしの目を見た。

「会えてよかった……」

なんとなく胸が熱くなった。まさかこんなところで小松崎くんに会うとは思わなかった。

道端で立ち止まって話すのも変なので、ちょうどそばにあったコーヒーショップに入る。

席について注文をすませると、小松崎くんは、言った。

「歩ちゃんが心配しています」

「と言うことは、わたしが旅行に行ったんやないって、あの子、もう知ってるの？」

「そうです。恵さんのパスポートを見つけましたから」

わたしはため息をついた。パスポートを忘れてきてしまったことには気づいていた。考えていたよりも、ばれるのは早かった。

「どうして、東京にいるんですか。なにか大変なことに巻き込まれたんじゃないんですか？」

勢い込んで尋ねる小松崎くんを、笑っていなした。

「そんなんやないのよ。ただ、ちょっと気が変わっただけ」

「なら、歩ちゃんに電話してあげてください。彼女、本当に参っているんです。恵さんがいなくなったのは、自分のせいじゃないかって」

胸がちくりと痛んだ。だが、あえて笑顔で言う。

「なに言うてんの。別に最近は喧嘩《けんか》もしてへんし、あの子のせいなわけないやない」

「なら、そう言ってあげてください」

「うん、そうするわ」

小松崎くんの顔がほっとしたように、ほころんだ。

ふいに思った。彼がいたから、わたしは安心して、自分の思うままに振る舞うことがでうのではないか、そんな不安にときどき苛《さいな》まれた。

きたのかもしれない。違和感は昔からあった。また、歩をどうしようもなく傷つけてしま
それでも、あの子をひとりにするのはためらわれた。力先生は、優しい一方で、とても
厳しい人だから、歩を支えて導いてはくれるだろうけど、彼女を甘やかしてはくれない。

小松崎くんなら、歩が甘えたり、不安になって依存することも許してくれるだろう。

彼は本当に、歩のことが好きだから。

「で、小松崎くんは、どうして東京にいるの?」

「仕事なんですよ。昨日も日帰りで、東京大阪間を往復させられて、それなのに、今日も朝からこっちきてるんです」

彼の眉が、情けなさそうに八の字に下がる。わたしはくすくすと笑った。

「じゃあ、まだ仕事あるんじゃないの?」

「いえ、もう終わりました。編集長に電話で確認取って、それ次第では大阪に帰れる予定です」

彼は、そう言うと身を乗り出した。

「ねえ、恵さん、一緒に大阪に帰りましょう。歩ちゃんも力先生も心配していますよ」

「うーん、そうしたいけど、まだ用があるのよ」

わざとさりげない口調で言う。

「いつ終わるんですか？　明日とかなら、ぼく、待ってます」

たぶん、小松崎くんはわたしがまた、消えてしまうことを心配している。そうして、その予感は正しい。

質問には答えずに、わたしは笑った。

「ちょっと早いけど、飲みに行こうか」


「ちょっと、恵さん、ペース早いっすよー」

ビールをどぼどぼとグラスに注いでいると、小松崎くんが困惑した口調で言った。

「別に大したことないよ。あ、次は冷酒行こっか。すみませーん。冷酒一本と、グラスふたつお願いしまーす」

奥に向かって呼びかけると、学生みたいな従業員が、元気よく返事をする。

渋る小松崎くんを、昼間からやっている居酒屋に引きずり込んだのが、三十分ほど前。

まだビールを二本くらいしか空けていないのに、小松崎くんの顔はすでに赤い。

「ほら、もっと食べて。この、モツ煮込みおいしいよ。大阪ではこういうのないよね」

じゃがいもや人参と一緒に、薄味で煮込まれたモツの小鉢を小松崎くんに渡す。彼はのろのろと割り箸で、それをつついた。

「どて焼きはないんですか」

「ないみたいやね。居酒屋メニューにも地域差があるみたい」

文句を言いつつ、小松崎くんはじゃがいもを口に入れた。

「ねえ、恵さん？」

「ん？」

口の中のものを飲み込んでから、小松崎くんはわたしの方を向いた。

「どうして、嘘なんかついたんですか？　どうして東京にいるんですか？」

ちょうど、従業員が冷酒のボトルと、グラスを持ってくる。わたしはわざと、メニューを広げて、追加注文をした。

そのまま、冷酒を開けて、小松崎くんのグラスに注ぐ。

「ほら、もっと飲んで」

「飲んでますって。答えてください」

「飲まなきゃ一緒に帰らないよ」

小松崎くんは、情けなさそうなため息をついてグラスを空けた。もう、目がとろんとしてきている。

「力先生は、恵さんは自分の意志で出ていったんだから、気にするなって言ってました」

そのことばは、わたしの胸をちくりと刺す。あの人にはなんでも見透《みす》かされてしまうみたいだ。

「でも、ぼくはそんなに簡単に割り切れない。もちろん、歩ちゃんだって、ぼく以上にそうでしょう」

酔いが回ってきたのか、テーブルに突っ伏すようにして喋り続ける。わたしは唇を噛んだ。

「ごめんね」

「一緒に帰ってくれれば、それでいいです」

ごめん。本当に。胸の中で繰り返して、詫びる。

しばらく、料理を食べながら、様子を窺《うかが》った。小松崎くんは、もう沈没してしまったかのように動かない。

わたしは頬杖をついて、彼を眺めていた。どのくらい酔ったのか、確かめたくて言った。

「ねえ、小松崎くん」

「なんすか……？」

一応、まだ起きているようだ。わたしは耳許に唇を寄せた。

「セックスしようか。また前みたいに。歩には絶対黙っているから」

驚いて飛び起きるかと思ったが、小松崎くんは動かない。どうやら、そうとう酔っているようだ。

もう少し反応を待ってから立ち去ろうと、正面に見える彼のつむじを睨んでいると、意外なほどはっきりした声が返ってきた。

「しませんよ」

ことばと同時に、彼はごろんと座敷に横になった。今度は半分寝ているような声で言う。

「ねえ、恵さん……恵さんは、いろんな男とつき合ってきているから、知ってると思うけど、男なんて、そんなに相手のこと好きじゃなくても、セックスできたりするんです……」

「うん……」

それは女だって、同じかもしれない。わたしみたいに、なにかを確かめるように、お化け屋敷を覗くような気持ちで、男と寝ることはできる。そう思いながら、眠りかけている彼を見下ろす。

「もちろん、好きな女の子としたいのは当然だけど、でも、セックスと好きは完全にイコールで結ばれるわけでもなくて……」

最後はすでに寝言のように、もごもごしている。わたしは苦笑した。しばらく寝息のような音が続いたかと思うと、唐突に彼は言った。

「だから……おれ……セックスはしないけど、恵さんのことが好きですよ……。はじめて会ってセックスしたときよりも……ずっと……」

胸の奥を殴りつけられたような気がした。痛みが感情を激しく揺さぶる。わたしは手で口を覆った。そうしないと泣いてしまいそうだった。

言いたいことを言って、満足したのか、小松崎くんは安らかな顔になって、寝息を立て始めた。

しばらく気持ちが落ち着くのを待った。それから、割り箸の袋に、彼への詫びと、メッセージを記した。それを彼の胸ポケットにねじ込む。

大きく息を吐いて立ちあがった。

こっそりと勘定を済ませると、そのまま店を出た。心の中で彼に詫びながら。

すっかり暗くなった街を歩きながら考えた。

歩を好きになってくれたのが、彼で、本当によかった。

翌日、わたしはまた出水梨央の事務所へと向かった。

小松崎くんのことで、一日遅れてしまった。彼はもう大阪へ帰っただろうか。携帯にメールでも入れようかとも思ったけど、なんとなく自分の携帯に電源を入れるのが怖かった。

たぶん、あの携帯に電源を入れることはもうないだろうと思う。タイミングを見て、解約してそれでおしまいだ。

午前中のうちに、ネットカフェに行って情報を集めた。どうやら出水梨央は病気で長期休養ということになっているらしい。失踪の噂などは出ていないようだった。

よけいにやりやすくなったかもしれない。事務所に行って、友達のふりをして、彼女の入院している病院を教えてほしい、と言えばいいのだから。

昨日と同じルートで、事務所を探す。目的のビルはすぐに見つかった。

エレベーターで事務所のあるフロアに移動し、入り口近くで仕事をしている女性に声をかけた。

「出水梨央さん……というか坂倉泉の友人なんですけど……」

彼女が本名を公表していないことは写真集のプロフィールで知っていたから、これが彼女の友人である証拠になればいいと思った。

「急に連絡が取れなくなって心配しているんです。入院ということだったんで、入院先を教えていただきたいと思って」

女性はさほど不審に思った様子もなく、「少し待ってくださいね」と言って、奥に入っていく。

代わりに出てきたのは、まだ若い男性だった。

「出水のマネージャーの木下です。彼女のお友達だとか」

わたしは頷いた。

「少し、込み入った話になりますので、こちらでお話しさせていただきます」

マネージャーと名乗った男は、強ばった表情で、わたしを奥へと案内した。少し緊張しながら事務所に入る。もし、彼女の話が本当ならば、ここに、彼女を痛めつけた人間がいるはずだ。

「失礼ですが、彼女とはどこでお知り合いになりましたか?」

ソファに腰を下ろすと同時に、マネージャーはそう尋ねた。

「偶然、街で……喫茶店で会って、意気投合しました。わたしは彼女がタレントだなんて知らなくて、仲よくなってから聞きました。彼女の携帯の番号も知っています」

本当のことを言うと、携帯の番号くらいしか知らない。そう、後は、おどおどと下を向く癖だとか、眠るとき丸くなるとか、そんな些末《さまつ》なことばかりだ。

「彼女の家族については、なにかお聞きですか？」

質問には、落ち着いて答える。

「家族はいない、と聞きました。本当かどうかまでは知りません」

嘘かも知れない、と思うが、嘘なら嘘をつく必然性があるはずだ。

「いないというか、連絡を絶っていることは事実です」

マネージャーのことばに、胸を撫で下ろす。彼の表情が少し和《やわ》らいだ気がした。

彼は、あたりを見回してから喋りはじめた。

「このことは、だれにも喋っていただいては困るのですが……実は、彼女は病気ではありません」

「じゃ、どうしたんですか？」

「誘拐されたんです」

わたしは息を呑んだ。彼女は誘拐などされていない。わたしのところにいたのだから。

それとも、だれかが、悪戯でそんな電話をしたのだろうか。

「警察には……」

「連絡は入れてあります」

「だれが誘拐なんか……」

「それがわかれば苦労はありません。せっかく、大きいチャンスを手にいれたばかりなのに……」

彼は苦しげにそう言った。たしかにインターネットで、彼女は映画の準主役に抜擢《ばってき》されたという情報を目にした。だが、彼女の命の心配よりも仕事のことを心配するなんて、ひどく冷たい気がした。

「あなたにも、心当たりはありませんか？　彼女に質《たち》の悪い友達がいたとか、そういうのは……」

そう尋ねられて戸惑う。

「そういうことは、聞いていません」

「そうですか……」

彼は頭を抱えて、ため息をついた。

「まったく……こんなことが起こるなんて、せっかく彼女もいい役がもらえて喜んでいたのに。せっかくのチャンスをふいにして、事務所としても大きな損害だ」

わたしは気になっていたことを、口に出した。

「あの……彼女は、『自分はタレントには向いていないと思う。もう、やめたい』と言ってました」

それでも、いい役がもらえたことはうれしかったのだろうか。彼は眉間に皺を寄せた。

「向いていないかどうかを決めるのは、彼女じゃない。大衆です。彼女のCMが放送されたとき、問い合わせの電話が何十本もかかってきたそうです。彼女にそれだけ、大衆を魅了するものがあったということです。だいたい、あんなに、人の注目を浴びるのが好きな女の子が、芸能人に向いていないとしたら、向いている人間などいないでしょう」

マネージャーのことばに、わたしは驚いた。

人の注目を浴びるのが好きな女の子。わたしが知っている彼女とは、あまりにも違う評価だ。もちろん、暴力を受けた結果、変わってしまったということもあり得るのだが。

「ともかく、そういうことです。絶対にこのことを口外しないでいただけますか」

「わかりました。お手数おかけしました」

立ちあがろうとしたとき、名刺を渡された。

「もし、彼女からなにか連絡があったら、こちらにご連絡いただけませんか」

「わかりました」

そう言って受け取った。もちろん、本当に連絡するつもりなどない。

事務所を出るとき、顔の小さな可愛い女の子とすれ違った。見覚えはあったけど、名前までは知らない。タレントのひとりだろう。彼女は一瞬、わたしの顔を見たが、黙って事務所に入っていった。


地下鉄に乗りながら考えた。

誘拐というのは、嘘なのだろうか。しかし、警察にまで話していると言っていた。

事務所の中は、明るく清潔そうで、ヤクザじみた人間などいなかった。暴力をふるったのがだれなのかは、彼女に聞けばわかるだろうが、もし彼女が逃げ切れたならば、無理に聞く必要はないかもしれない。

彼女自身が戦うことを望んでいないのだから。

ホテルのそばの駅で、地下鉄を降り、ぶらぶらと歩く。これからどうしよう。また部屋探しと、職探しをはじめるか、それとも、彼女のことについてもう少し調べるか。

考え事に気を取られていて、すぐ後ろに人が立っていることに気づかなかった。

はっと振り返った瞬間、腕をつかまれて、路地へ引きずり込まれた。

悲鳴を上げようとしたとたん、口を塞《ふさ》がれる。

「梨央は、どこだ……」

目の前に、カッターナイフが突きつけられた。息を呑んで、少し視線を上げた。

帽子を深く被《かぶ》った男がいた。いや、男と言うよりも、むしろ少年だ。ずいぶん若い。

突き出されたカッターナイフが小刻みに震えていることに気づいて、少し落ち着いてくる。

「答えろ！　梨央はどこにいる！」

「……知らないわ」

「嘘をつくな！」

彼はカッターナイフを勢いよく振り下ろした。肩先が焼けるように痛んだ。

わたしは唇を嚙みしめた。暴力に屈するのは絶対に嫌だ。

「おい、なにをしている！」

ふいに男の声がした。少年はカッターナイフを投げ捨てて、走り去った。わたしは彼の方を振り返らず、大通りにまろび出た。

「大丈夫ですか！」

声をかけてきたのは、見知らぬ人だった。どうやら、偶然通りかかったらしい。わたしは礼を言って起きあがった。服の肩先が破れて、血が滲《にじ》んでいた。

傷口を押さえながら、少年の走り去った方を振り返る。

彼の声にはたしかに聞き覚えがあった。

そう、あのとき、彼女の携帯にかけてきた男の声に似ている。

「かならず、探し出してやる」と。

第九章　小松崎

屋上には日差しがあふれていた。

夏になれば太陽は凶暴なほどなのに、冬の日差しはまどろむように柔らかい。そこにいるだけで、肩の強ばりが解けていくようだ。

ぼくは大きく息を吐くと、屋上の端にあるプレハブに向かった。

さきほど、東京から帰った。職場で報告をすませた後、ぼくはまっすぐに合田接骨院に向かっていた。

引き戸を開けると、ちりんちりん、と鈴の音らしきものがした。見上げると、引き戸には季節はずれの風鈴がガムテープで貼り付けられていた。

奥のカーテンが開いて、力先生が顔を出した。

「なんや、おまえか。十分くらい待ってもらうけどええか?」

「あ、かまいませんけど」

どうやら、さっきの風鈴は、先生がひとりで施術も受付もやるための工夫らしい。ということは、まだ歩ちゃんは帰っていないのだ。

脱力して、椅子に座り込む。

昨日、せっかく、恵さんと出会ったのに、撒《ま》かれてしまった。それを力先生や歩ちゃんに、どう伝えていいのかわからない。

せめて、今、東京のどこにいるのかだけでも、聞きだしておくべきだった。

東京で出会った恵さんは、いつもと変わらないようでいて、どこかおかしかった。無理に明るく振る舞っているような、そんな痛々しさがあった。いや、もともと恵さんにはそういう部分がたしかにあったのだけど。

カーテンが開いて、老人が出てきた。先生は先回りするように受付にまわり、てきぱきと会計をすませた。老人は礼を言って出ていった。

「大変ですね」

首をまわしている先生に、ぼくは言った。

「ん？　まあ、な。とはいえ、昔はひとりでやってたんやし、別にどうってことないで」

先生は大きく伸びをして、腕を下ろした。ぼくの座っている椅子の後ろにまわる。

いきなり、頭のてっぺんをぎゅっと押された。驚くが不快感はない。全身を痺《しび》れのようなものが通り過ぎていった。

次は首、後頭部から首の後ろにかけて、ぐいぐいと押されると、不思議と胃のあたりの重さが消えていくようだ。

先生の指は不思議だ。そこがつらいとか疲れているなんて、気づかなかったのに、触られた瞬間に気づくのだ。

まるでもつれた糸を解きほぐすように、先生はぼくの疲れをほぐしていった。

自然に口が開いていた。

「先生、ぼく、恵さんに会いました」

「どこで?」

「東京です」

先生は、ふうん、と鼻を鳴らした。

「東京か。うまい場所に潜り込んだな。姿を消すなら、あそこがいちばんええわ」

少しおかしそうな口調で呟く。

「それで、一緒に帰ろうと言ったんですけど、うまいことごまかされて、逃げられてしまいました。連絡先も聞けなかった」

ぽん、と肩を叩かれる。

「気にすんな。で、元気そうやったか」

「たぶん……」

「なら、ええやないか。歩もきっと安心する」

先生にそう言われると、本当にそんな気になってくる。

「歩ちゃんはどうしているんですか？」

「今日中に帰ってくるって言ってたで」

安心すると同時に、少し悲しくなった。ぼくには連絡をくれないのに、力先生には連絡するのか。もちろん、合田接骨院は歩ちゃんの職場だから、どこよりも先に連絡を入れる必要があることはわかっているのだけど。

「あ！」

思わず声をあげて、先生に不審そうに見られた。

「どうした」

「そういえば、恵さんが、友達の女の子が合田接骨院を訪ねてくるだろうから、親切にしてやってくれって」

酔いつぶれて寝て、居酒屋の従業員に起こされたあと、ぼくの胸ポケットにはそうメモされた箸袋が入っていた。ごめんね、の一言と一緒に。

「ああ、きたきた、昨日な」

「どうしたんですか？」

先生はこともなげに言った。

「今朝、東京に帰した。こっちにおらん方がええと思ってな」

「なんだ」

「どないしてん、なんでおまえが残念そうやねん」

「いえ、別に」

箸袋に、「可愛い子だから、親切にしてあげて」と書いてあったことは内緒である。もちろん、ぼくには彼女がいるから、変な下心などない。それでも、可愛い女の子に会えるかも、と思うと、楽しみにしてしまうのは、男として当然ではないだろうか。

先生はぼくの首をぐりぐりと揉みながら呟いた。

「疲れているみたいやな。ベッドできちんと調整するか」

「お願いします」

Tシャツと短パンに着替えて、ベッドの上で整体を受けた。脚を折られて曲げられ、ぐいぐいと押される。

「なんか縮こまっとるなあ。同じ姿勢ばっかりしてたんか」

「さっき、新幹線で帰ってきたとこですよ」

身体がほぐれてくるにつれて、口も軽くなってくる。ぼくは施術を受けながら、出水梨央の話をした。本当は喋ってはいけない、マネージャーから聞いた話も。

まあ、力先生が口の軽い人間でないことは知っている。

先生は、なぜか興味深そうに話を聞いてきた。細部まで質問をされる。案外ミーハーなのかもしれない。

最後に座ったまま背中をぐーっと伸ばされた。新鮮な空気が細胞の隅々に行き渡るようだ。

「はい、終わった。お疲れさん」

「ありがとうございます」

料金を払い終わると、先生は首を傾げながら言った。

「その誘拐されたというタレントの話、な」

「はい？」

「その子の過去を洗ってみてくれへんか」

「は？」

洗う、だなんて、刑事ドラマかなんかで使われるような口調だ。ぼくは憮然《ぶぜん》として言った。

「なんですか？　なんか理由があるんですか？」

先生はなにも言わずに笑ってみせた。


社に戻って、ぼくは力先生のことばを考えた。

ぼくの話だけで、あの人にはなにかが見えたのだろうか。超能力者か、それとも推理小説の安楽椅子探偵か。そんな知的なイメージにはほど遠いが、いったいなにを考えたのだろう。

ぼーっとしながら歩いていると、どん、と背中を押された。よろけそうになって、あわてて体勢を立て直す。

振り返ると、里菜《りな》が笑っていた。彼女は、うちの会社の看板雑誌ともいえる、女性向けお洒落スポットマガジン「タルト」の敏腕記者である。化粧っけのない童顔と、ランドセルが似合いそうな小柄な身体からは、想像もつかないほどパワフルな人間だ。

「どないしたん、ぽけーっとして、彼女のことでも考えてたん？」

「違うよ、そんなんちゃう」

否定してから気づく。

「なんで、里菜が知ってるねん。おれの彼女のこと」

「力先生から聞いたもん。受付の歩ちゃんでしょ。可愛いよねー。雄大にはもったいない感じ」

そういえば、里菜も合田接骨院に通っていたのだ。もちろん、紹介したのはぼくである。

里菜に知られたということは、「タルト」編集部の女性たちにも、噂は広まっているはずだ。飲み会のときなどに、ネタにされることは覚悟しなければならない。

「そういえば、『時のかけら』の記者会見に行ったの、雄大だっけ？　写真とコメント、こっちにももらったよ」

「ああ」

「時のかけら」は少女漫画の映画化だから、どちらかというと女性好みの映画になりそうだ。「週刊関西オリジナル」よりも、「タルト」の方が読者層と合っている。

「なんで、そっちが取材に行かへんかってん」

弱小出版社だから、記事や写真のやりとりなど、日常茶飯事だ。

「記者会見はそっちで取材してもらって、『タルト』の方は撮影風景を取材に行くことになってるの。知らんかったん？」

「それは、初耳や」

「ま、こっちも写真まわすことになるやろうけど」

ふいに、気づいた。「時のかけら」の主演の津田麻理恵は、出水梨央と中学の同級生だったはずだ。彼女に話を聞けば、出水梨央のことが少しはわかるかもしれない。

ぼくは勢い込んで里菜に尋ねた。

「撮影現場の取材って、だれが行くねん」

「わたし」

ついている。ぼくは彼女の肩に手を置いた。

「おれも行く。おれも連れて行ってくれ」


編集長の許可は、意外にあっさりもらえた。もちろん、残っている仕事をきちんとかたづけることが、大前提だが。

出水梨央の誘拐事件が解決したとき、少しでも突っ込んだ記事を書くために、彼女の過去について調べるのは、決して無意味ではない。編集長もそう判断したのだろう。たとえ、彼女のことを記事にできなくても、津田麻理恵は今話題の若手女優だ。彼女の取材だけでも、充分読者の興味を引けるだろう。

資料室から持ってきた津田麻理恵の資料をめくっているうち、彼女のインタビューを見つけた。別の雑誌に載せられたものらしいそれを、熟読する。

それは、よくあるアイドルなどのインタビューとはまったく違った。中学生のとき、ひどい苛めを受けた体験を赤裸々に語っていた。ぼくは息を呑んでそれを読んだ。

芸能活動のため、学校をよく休んでいた彼女は、クラスの苛めの対象になっていたという。最初は無視からはじまって、机の中の教科書をびりびりに破かれる、体操着にマヨネーズをかけられる、などの悪質な苛めが繰り返されたという。

両親や先生に相談しなかったのか、というインタビュアーの問いに、彼女はこう答えていた。

「相談なんてできないし、しても意味がないんです。わたしたちの世界は、仲間内で閉じていた。そこで負けてしまえば敗者になるしかないんです。先生や両親が助けてくれたとしても、それはルール違反のようなもので、敗者は敗者のままなんです」

カメラマンがとらえた彼女の表情は、話とは裏腹に明るかった。

「わたしにできることは、苛めを無視することだけだと思っていました。苛めに動じないこと、それだけがわたしが敗者とならないルートなのだと」

破れた教科書で授業を受け、ひとりで給食を食べるときにも、寂しそうな顔すらしないこと。侮蔑《ぶべつ》のことばを投げられても、聞こえないふりをすること。それだけが、彼女の抵抗だったという。

「莫迦みたいですよね。でも、そうとしか思えなかったんです」

彼女は笑いながら、そう語ったという。

胸の塞ぐ話だ。だが、今、華やかな女優となって、脚光を浴びた彼女のことを、かつてのクラスメイトたちは、どう考えているのだろう。

もう一度、インタビュー記事を最初から読もうとしたとき、携帯が鳴った。手を伸ばして、驚いた。

歩ちゃんからだった。


待ち合わせのカフェに、歩ちゃんは先にきていた。

彼女の後ろ姿を見ただけで、胸が熱くなった。数日会っていないだけなのに、ひどく懐かしいような気分だった。

「遅くなって、ごめん」

さりげないふりで、彼女の前に座った。

彼女はいつも通りの柔らかな笑顔を見せた。白い大きめのセーターがとてもよく似合っていた。

いつも彼女を前にするとどきどきするのだが、今日はそれよりも緊張の方が多かった。

ぼくは笑顔を作って尋ねた。

「淡路島の実家に帰ってたんだって?」

「うん。すごくひさしぶりに帰ったから、変わっていると思ったけど、そんなでもなかった」

「そう……」

歩ちゃんの様子が普段通りであることが、よけいに不安をかき立てる。早く、恵さんの話をしなければならない。そう思うが、唇がなにかで固められたように重く、動かなかった。

彼女は、ぼくの様子に気づいたふうもなく、話を続けた。

「うちね、淡路島の北の方なの」

子供の頃、家族と一緒に海水浴に行ったことがあるが、それきりでほとんど記憶にはない。大阪からは一時間くらいの場所なのに、ひどく遠い気がした。

「だから、海を挟んで向こう岸に、いつも神戸の街が見えていて、それがすごく眩《まぶ》しかった。こっち側は畑と山ばかりの田舎なのに、向こうはビルが立ち並んでいて、なんだか遠い世界で……。橋ができて、簡単に行き来できるようになっても、やっぱり、向こう側とこっち側にはものすごく大きな壁があるような気が、ずっとしていた」

彼女は珍しく饒舌《じょうぜつ》に喋り続けた。ふいにあることに思い至って、ぼくは尋ねる。

「淡路島の北の方だったら、震災の被害も大きかったんじゃないの？」

「うん、家も全壊した」

なんでもないことのように、彼女は笑って言った。

「でも、あの家が壊れたとき、少しすっとした。こんなこと言うと、変な人みたいだけど」

ぼくは、彼女の家で行われていたことを知っている。だから、歩ちゃんの笑顔が、よけいに痛かった。

「本当は、もう帰りたくなかった。嫌な思い出しかないような気がしてたけど、帰ってみたら、そうでもなくって、いっぱい好きだった場所だとか、好きだった人のこととか思い出して……なんだか、不思議だった」

「そう……」

彼女の実家の話は、彼女の過去と密接に繋がっていて、ぼくは気軽に、ことばを差し挟むことができない。笑顔でいることでさえ、無理をしているのではないかと不安になってしまう。

彼女は、アイスティーのグラスを持ち上げて、ストローで吸い上げた。

ぼくはやっと、口を開いた。

「あの、さ。東京で恵さんに会ったよ」

彼女はこっくりと頷いた。

「力先生に聞いた」

「元気そうだったし、中国に行かなかったのはただの気まぐれで、別に歩ちゃんのせいでもなんでもないって。心配かけてごめんって言ってた」

ぼくはまくし立てるように喋った。恵さんがまた消えてしまったのは事実で、それにはぼくにも責任の一端がある。その、罪の意識をごまかすために。

「うん、わかった。ありがとう」

彼女は、それ以上ぼくを問いつめようとはしなかった。笑顔を見て、肩の荷が消えていくような気がした。

「小松崎さん、何度も電話くれたのに、連絡しなくてごめんね」

「え、ああ、いいよ、そんなこと。圏外にいたんだろ」

彼女は首を横に振る。

「電話がかかっていたことは、気づいていた。でも、わざと電話しなかったの。ごめんなさい」

ぼくは息を呑んだ。女の子からのごめんなさいは、どうも悪い予感に繋がる。

「わたし、ずっと混乱していて、おかしかったから……。きっと、小松崎さんと話していたら、甘えてしまって、ひどいことを言ってしまったり、つまらない愚痴《ぐち》をいっぱい言ってしまうんじゃないかと思って……怖くて電話できなかったの」

「そんな……。別にかまへんよ。愚痴なんかいくらでも聞くし、なにを言われても平気やし……」

きみは、ぼくの恋人なのだから。そう言いたかったけど、さすがに少し照れくさい。

歩ちゃんは真剣な目でぼくを見上げた。

「ううん、よくない。小松崎さんがそんなことでは怒らないって知っているけど、やっぱり、そういうのはよくないと思う」

「歩ちゃん」

「わたし、昔、お姉ちゃんにずいぶん、ひどいこと言ったの。もう、お姉ちゃんはなにも言わないけど、言ったことは絶対に消えない。どんなに消したくても、どうしようもない。思い出すたびに、胸が重くなって、自分なんか死んでしまった方がいいんじゃないかと考えてしまう」

ふたりの過去の話は、力先生から聞いた。彼女たちがそれを乗り越えるために、どんなに苦しんだのか、想像しただけで息苦しくなる。そんな重い過去だった。

「歩ちゃん、そんなことは考えないで……」

戸惑いながら、ぼくはそう言った。そんなことばで、彼女を慰められるとは思わなかったが、なにも言わないでいるなんてできない。

彼女は首を横に振った。

「だから、もう絶対同じことは繰り返したくない。わからないけど、人を傷つけるのって、キャッチボールみたいだと思う。相手を傷つけて、それで自分も傷ついて、それもまた相手に投げ返してしまって……。気がつけば、両方ともぼろぼろになっているの。そんなことは、もうしたくない」

「歩ちゃん……」

どうして、ぼくはこんなとき、気の利《き》いた一言が言えないのだろう。ぼくなんか、がさつで鈍感な男だから、多少傷つけたって、大したことじゃない。そう思ったけど、口には出せなかった。彼女の決意がひどく眩しくて。

「ねえ、小松崎さん、お姉ちゃんは帰ってくるって言った？」

ぼくは頷いた。

「ああ、用が済んだら帰るって」

「そう……」

彼女は少し目を伏せた。しばらく考え込んで顔を上げる。

「じゃあ、わたし待ってることにする」

彼女は膝の上で、きつく両手を握った。

「お姉ちゃんが帰ってくるのを待っている。また、わたしに会いたいと思ってくれるのを待ってる」

ぼくはやっと気づく。大事な人が、都会の人混みの中に消えてしまって、探し出すことすらできなくなっても、まだできることはあるのだ。

それは、広い太平洋の無人島で、一筋ののろしをあげるような、ひどくはかない望みかも知れない。けれども、それが届くことを信じて、ぼくたちは待つ。ただ、ひたすらに。

帰り道、歩ちゃんはそっとぼくの手を握ってきた。手をつなぎ合わせたまま、黙って、夜の繁華街を歩く。

ぼくは知っている。人は突き詰めると、ひとりぼっちだけど、それでもひとりではないのだ、と。

この夜の中、多くの人々が、だれかを待っている。

歩ちゃんを送ってから、自宅へ帰ると、ぼくは鞄の中からビデオを取り出した。

出水梨央がレギュラーだったという、深夜番組の録画ビデオだ。首都圏のみの放映だったが、編集部の人間が、手を尽くして、入手してくれたのだ。

若手のお笑いコンビと出水梨央が、いろんな場所へ取材に行くという、いかにも低予算番組らしいものだが、お笑いコンビの掛け合いがおもしろく、そこそこの人気番組だったらしい。

録画されているのは、二カ月ほど前に放映されたものだ。三人が、フェリーで二日かけて東京から九州へ移動する珍道中を描いていた。

写真では優等生っぽい印象だった出水梨央だが、テレビで実際喋っているのを見ると、ほんわかした感じの少し天然ボケに近い女の子だった。お笑いコンビに容赦《ようしゃ》なく突っ込まれて、半べそをかいていたりするところが可愛い。

着ぐるみや変なコスプレをさせられたりしながら、一生懸命頑張っているのが窺える。笑いながら見ていて、思い出す。

この女の子は、今なにものかに、誘拐されているのだ。ひどい目に遭わされているかもしれない。

それに気づくと、急に画面の中の彼女が痛々しく思えてくる。ぼくはため息をついて、ビデオを止めた。彼女が無事に助け出されることを祈らずにはいられない。

ふいにそのとき、携帯が鳴った。画面に映し出されているのは見覚えのない番号だ。不審に思いながら電話を取った。

「はい。小松崎です」

「ああ、こんばんは。先日、飛行機でご一緒させていただいた小杉です」

一瞬、だれかわからなかった。力先生の知人だと気づいたのは、数秒経ってからだった。

「すいません、夜分遅くにお電話などしてしまって。お休みでしたか?」

恐縮したように言う。そういえば、彼には携帯の番号の入った名刺を渡している。

「いえ、まだ起きていました。先日はどうも」

「いきなりなんですが、少しお耳に入れておきたいことがありまして」

「なんですか？」

戸惑いながら尋ねる。

「小松崎さん、合田さんのところの助手の江藤恵さんが、行方不明になったとおっしゃってましたよね」

「ええ。それがなにか」

「彼女の居場所がわかったんですが、もうご存じですか？」

ぼくは息を呑んだ。携帯を強く握りしめる。彼はことばを続けた。

「ご連絡した方がいいのか迷ったんですが、どうやら彼女は妙なことに巻き込まれているようです」

喉が渇いて、声が出なかった。ゆっくりと言う。

「教えてください。妙なこととはなんですか？」

「それはわたしにも、わかりません。けれど、怪我をされたようです。今から、彼女の滞在しているホテルの場所を教えます」

ぼくは机の上のボールペンを握りしめた。

恵さんになにもないといいと祈りながら。

第十章　恵

肩の傷は、思っていたよりも深く、病院で少し縫った。

助けてくれたサラリーマン風の男性は親切で、タクシーを呼んで病院に連れて行ってくれ、警察に連絡をしてくれた。

やってきた警察官には、少し嘘をついた。カッターナイフを押しつけてきた少年は、財布を取ろうとした、と説明したのだ。出水梨央のことにはあえて、触れなかった。彼女のことを話していいのかどうか迷ったのだ。

そんなことはよくあるのか、さほど怪しまれることなく、話は終わった。

治療が終わって、病院ロビーに行くと、助けてくれた男性が待っていた。わたしがタクシー代を払うと言ったのを辞退し、またタクシーでホテルの近くまで送ってくれた。

あまりに親切すぎるから、口説《くど》かれるとばかり思っていたら、彼は名刺すらくれず、わたしの名を聞くこともなく、そのままタクシーで立ち去ってしまった。

どうやらただの親切な人だったらしい。自意識過剰な自分に苦笑する。

そういえば、どうして、わたしの方から連絡先を聞いたり、食事に誘ったりしなかったのだろう。好感を抱いたら、いつもなら必ずそうしていたはずなのに。

ショックでそれどころではなかったのだろうか。首を傾げながら、ホテルのロビーに入ったときだった。

「おねえさん！」

ロビーの片隅にあるソファから、彼女が手を振っていた。わたしは驚いて彼女に駆け寄った。

「いずみちゃん、どうしたの、大阪に行ったんじゃなかったの」

見れば、ざんばらだった彼女の髪は、ショートヘアに切りそろえられていた。痛々しさはずいぶん薄れている。

「行ってきた。でも、あの……整体師の先生が、おねえさんと一緒にいた方がいいって」

先生はいったいなにを考えているのだろう。東京にいると危ないと思ったから、大阪に行かせたのに。不思議に思いながら、一緒にエレベーターに乗る。

「でも、親切にしてもらったよ。帰りの新幹線も取ってもらったし、美容院にも連れて行ってくれた」

「力先生に、事情はきちんと話した？」

「うん……」

しかし、わたしが彼女の話を聞き出すのにも、ずいぶんかかった。一日一緒にいただけの力先生に、彼女がすべてを話したとは考えにくい。先生にはことの重大さが理解できていないのではないだろうか。

部屋に入ってから、わたしは言った。

「ともかく、このホテルは引き払いましょう。今夜、別のビジネスホテルに移って、明日になれば、ウィークリーマンションかなにかを探した方がいいと思う」

ベッドに腰を下ろした彼女は、驚いたように顔を上げた。

「どうして？」

わたしは黙って、シャツの胸をはだけて、肩先の包帯を見せた。

「どうしたの、それ！」

「知らない男に切りかかられたの。あなたを探しているみたいだった」

彼女は息を呑んだ。膝の上で拳を握りしめる。

「どんな人だった？」

「まだ若い……十代のような感じだった。顔ははっきり見えなかったけど。覚えがある？」

下を向いたまま、彼女は首を横に振った。

「わかんない。そんな若い男の人、事務所にはいないはずだけど……」

だとすれば、あれはだれなのだろう。

彼女は、うつろな目で、わたしの肩に触れた。瞳がせわしなげにくるくる動いているのは、気持ちが揺れているからだろうか。

「おねえさん、痛い？」

「今は痛くない」

彼女は青ざめた顔のまま、わたしの包帯を何度も撫でた。

声には出していなかったが、唇が繰り返し、ひとつのことばを紡《つむ》いでいた。

どうして、と。


電話で空いているビジネスホテルを見つけて、荷物をまとめた。

ホテルを引き払ってタクシーに乗る。彼女はあれからあまり喋らなかった。タクシーのサイドガラスに、彼女の寂しげな横顔が映って、重い気持ちになる。わたしは口を開いた。

「力先生にはわたしのこと、なにか聞かれた？」

「あんまり……、元気かって聞かれて、たぶんって答えたけど、それだけ。どこにいるのかも、聞かなかった」

あの人らしい。わたしは苦笑して、そうして懐かしくなる。

あの人はあまり、人になにかを尋ねない。無理に人の口をこじ開けようとはしない。それなのに、尋ねられないことに落ち着かない気持ちになって、自分からなにもかも喋りたくなってしまうのだ。

そう思っただけで、胸の底が熱くなる。たぶん、わたしは今、先生に会いたいと思っている。

「あの人、おねえさんの恋人？」

尋ねられて即答する。

「まさか。わたし、あそこで働いていたの」

そう言ってから、もうひとつ尋ねるべきことを思い出す。

「受付に女の子いた？」

彼女は首を横に振った。

「先生、ひとりだったよ。女の子なんていなかった」

「そう……」

歩はどうしているのだろう。わたしがいなくなったことで、また不安定になっていないといい。小松崎くんがちゃんと支えていてくれるといい。

こつん、と窓に額をぶつけた。裏側が外気に晒《さら》されたガラスは氷のように冷たく濡れていた。

わたしは身勝手だ。姿を消すのなら、もう少しうまい形でやるべきだった。架空の恋人を作ってもよかったし、新しい仕事をはじめることにしてもよかった。あの子に心配をかけない形はいくらもあったはずなのに、最悪のやり方を選んでしまった。

見慣れぬ景色ばかりの東京の街をタクシーは走る。わたしたちはそれ以上喋らなかった。

目的のホテルに着いて、チェックインをした。住所と名前を記入しながら考える。

さっきまでいた、滞在型のホテルならば、マンションの家賃より少し高いくらいで一カ月滞在できた。ビジネスホテルだとそうはいかない。お金が有り余っているわけではないのだから、早めに身の振り方を考えなければならない。

鍵をもらって、後ろでぽつんと待っている彼女を見た。

彼女はいったいどうするつもりなのだろう。このままわたしにずっとくっついているわけにはいかないだろうに。

部屋はさきほどまでのホテルよりも、ずっと狭かった。息が詰まりそうな気持ちで、鞄を置く。

彼女はふいに言った。

「ごめんなさい」

「どうして、謝るの？」

「わたしのせいで、おねえさんにも怪我させてしまって……」

「いずみちゃんのせいやないよ。その男が悪いんだから」

「でも」

わたしはさきほどから考えていたことを、口に出した。

「やっぱり警察に行った方がいいと思う」

わたし自身も警察には嘘をついたが、それは彼女を大阪に逃がしたと思っていたからだ。東京にいるのなら、また探し出されるかもしれない。

彼女はかすれた声で、もう少し考えさせて、と言った。

部屋を沈黙が支配する。ぽふん、と音を立てて、彼女はベッドに腰を下ろした。

わたしも椅子を引いて座る。

「先生に整体してもらった?」

彼女は笑顔になって頷いた。

「うん、整体なんてはじめてだけど、気持ちよかった。なんか頭の中にあった重苦しい霧が晴れたみたい」

だが、すぐに笑顔は消える。

「おねえさんが怪我をしたって聞いて、またなんかわけわかんなくなっちゃったけど……」

「わたしのことは気にしなくてええよ。かすり傷だから」

わたしは椅子から立って、彼女の隣に移動した。

「わたしも、整体できるよ。これでも、学校も行ってたし、先生の弟子やもの。大阪まで行ってきて疲れたでしょ。そこに寝て。調整してあげるから」

「え、いいよ。おねえさん怪我しているし」

「だから、かすり傷だって言ったでしょ」

本当は、先生が調整した後の身体に触れてみたかった。先生はいつも、身体の声を聞く、と言った。その身体の声がわたしにも聞こえるのか試してみたかった。

彼女は、素直にベッドに俯《うつぶ》せになった。ゆっくりと背中を撫でた。

本当は、先生が調整する前に触れた方がよかったのだろう。先生の整体を受けた後だから、背筋はすうっとまっすぐだ。

先生のように、柔軟なやり方はできないから、学校で習ったとおり、背筋に添って、指を移動させていく。ところどころ、ひっかかりを感じるところを強く押すと、彼女は心地よさそうにため息をついた。

「痛かったら言ってね」

「うん、大丈夫。気持ちいい」

腰まで押した後、次は背骨の外側のラインを押さえていく。何度か繰り返したあと、気づいた。腰から下はひんやりしているのに、上半身だけがひどく熱っぽい。体温が一定していないのだ。

「ごめん、ちょっとわかりづらいから、上着脱いでくれる？」

そう言うと、彼女は素直にキャミソール一枚の姿になった。

もう一度、背骨を指で辿る。腰椎《ようつい》の下の方を押すと、彼女は小さな声をあげた。

「痛い？」

「少し、でも気持ちいい。先生もそのあたりを何度も押してた」

失礼して、キャミソールを少したくし上げて、そのあたりの皮膚の色を見る。たしかに、数ヶ所に赤い痕《あと》がついていた。強く押したための痣《あざ》ではなく、皮膚が活性化しているときの、ほんのりとした赤。

もう一度、腰骨のあたりを掌で強く押さえる。

それから、足首。くるぶしの内側を指で探ると、ここにも先生の施術の痕があった。ぐっと押すと、かすかに足首が動いた。ここにも痛みがあるのだろう。

そこと、足の裏の真ん中を強く押した後、彼女に言った。

「仰向けになってくれる？」

言われたとおり、仰向けになった彼女の腹部を指で押した。

「あ、そこも……」

「先生が、押した？」

「……うん……」

かすかに眉が寄せられる。少し痛いのだろう。だが、不快な痛みではないはずだ。

少しずつ、体温の不均衡がなくなっていく手応えがある。足に血が下りて、上半身の微熱が引いている。

「ねえ」

自然に口が開いた。

「どうして、タレントになろうと思ったの？」

うっとりとした声で答えが返ってくる。

「憧《あこが》れていた人がいたの。その人みたいになりたくて……。でも、実際はじめてみると、全然、わたしが思っていたのと違った。もちろん、それはわたしが甘く考えすぎていただけなんだけど」

いつも考えるようにぽつり、ぽつり、と喋る彼女にしては、珍しく饒舌な答えだった。

「やっぱり、今でも辞めたい？」

映画の準主役に抜擢されたと聞いた。それを手に入れたいと思っている人が、どのくらいこの東京にいたのだろう。

「うん」

彼女の答えに迷いはなかった。

最初に押していたときは、跳ね返すような抵抗があった彼女の皮膚は、自然にわたしの指に馴染《なじ》んでいく。首筋と、足首に手を当ててみると、さきほど感じた体温の差はほとんどなくなっていた。

「はい、終わったよ」

そう言っても、彼女は目を開けなかった。もう寝るつもりなのかと思って、ベッドから立ちあがった。

「あのね、おねえさん?」

バスルームに行こうとしていたわたしは、足を止めた。

「その、憧れていた人と、おねえさんは少し似てるの。だから、おねえさんについていきたいと思った。……迷惑かけてごめんなさい……」

「気にしなくてええよ」

わたしも彼女といることで、なにかがふっきれたような気がするから。

背を向けたとき、ふいに思い出した。

「いずみちゃん、わたしを襲った男のことだけど」

「なに?」

「以前話したでしょ。あなたの携帯に変な電話がかかってきたことがあるって。あの声に似てた」

彼女は黙っていたけど、驚いたことはわかった。

バスルームで歯を磨きながら、わたしは考えた。先生の痕跡に導かれるようにして見つけた、彼女の身体の異常。それが、あるベクトルを指していることに気づいたのだ。

もちろん、わたしはまだ未熟だから、それだけで判断することは、あまりにも無謀だ。

けれども。

迷いながら歯を磨き終え、バスルームを出ると、彼女はベッドで心地よさそうな寝息をたてていた。


その夜、わたしは妹の夢を見た。

わたしたちは、もう大人になっていて、ふたりで、合田接骨院のある屋上に立っていた。夜で、寒くて、星すらなかった。

都会の夜空は黒ではない。沈んで淀んだチャコールグレーだ。

その空を見上げながら、わたしたちはなにかを待っていた。ひとことのことばも交わさず、それでもお互いのことを考えていた。

そこにいながら、わたしはこれが夢でしかないことに気づいていた。妹も気づいているように思えた。

沈黙は重苦しかったけど、つらくはなかった。黙ったまま、わたしたちはなにかを待ち続けていた。

その夢を見続けながら、わたしは思った。

新しい生活をはじめて、そうして、もし、あの子が許してくれたら、いつか、あの子に会いに行こう。そうして、この夢の話をしよう。

なぜか、あの子もこの夢を見ている気がした。


疲れがたまっていたのか、ぐっすりと眠ってしまった。

起きあがると、すっかり太陽が高くなっていた。部屋を見回すが、彼女の姿はない。なにか食べに行ったのか、それともコンビニにでも行ったのか。

バスルームで顔を洗って、歯を磨いた。着替えようとして、自分のボストンバッグに手を伸ばして気づいた。

彼女の荷物がなかった。すべて片づけたように、なにもかも。

ベッドサイドに備え付けのメモが置いてあった。そこになにか走り書きがしてある。不安な気持ちになりながら、それを手に取った。

「いろいろお世話になってごめんなさい。また連絡します」

ただ、それだけが記されていた。また連絡すると書いてあるのだから、大したことではない。彼女には彼女の生活があり、ほかに頼る人もいるだろうから。

そう思いこもうとしたのに、なぜか重い気持ちは晴れなかった。
彼女の寝ていたはずのベッドを凝視しながら、わたしはそのまま立ち尽くしていた。

第十一章　小松崎

「なんで、あいつが首を突っ込んでくんねん！」

力先生は、眉間に皺を寄せたまま、声を張り上げた。もともと、声のよく通る人だから、耳に響く。

「知りませんよ、そんなこと」

耳を押さえながらそう答える。

小杉氏から、電話があったのが、昨日の深夜。その後、すぐに歩ちゃんに電話をした。力先生にも伝えるべきだと思ったのだが、歩ちゃん曰《いわ》く、「先生は帰って二時間くらいしたら、寝てしまう」ということなので、翌朝、直接合田接骨院に話しに行くことにしたのだ。

まだ開業時間よりずいぶん早いのに、先生はもうきていた。屋上で身体を伸ばしたり曲げたりしている先生に駆け寄って、事の次第を説明したのだ。

「だいたい、なんであいつが、恵のこと知ってるねん！」

「知りませんったら」

そう言いかけて思い出した。

「いや、受付の女の子が失踪《しっそう》した、という話をしたのはぼくですけど、あの人、もともと恵さんのこと知ってましたよ」

空港で会って、東京まで一緒に行ったことを説明する。先生の眉間の皺がいっそう深くなった。

「ということは、あいつ、俺のまわりのことまで、調べてたってことか。つくづく、根回しするやっちゃなー」

腕を組んで、考え込むと、ぼくの前に指を突きつける。

「もしかしたら、おまえと同じ便で東京に戻ったのも、怪しい。おまえを懐柔《かいじゅう》するつもりで、わざと同じ便にしたのかもしれん」

「そんなん、考えすぎですよ。なんでぼくが東京行くかどうかわかるんですか。前の日にはすれ違っただけですよ！」

「いいや、あいつはそういう男や。だから、好かんのや」

先生がここまで人を嫌悪するところは、はじめて見た。たしかに先生とはまったく正反対のタイプだが、話すと感じのいい人だと思うのに。

そう言うと、先生は唾《つば》を飛ばしそうな勢いでまくしたてた。

「ええか。ほんまに、ほんまに恐ろしいのは、頭がよくて、自分の感情もコントロールできる人間やぞ。簡単にメッキが剝《は》がれる悪人なんか、ほんまは全然怖くないんやぞ」

「いや、まあ、そうかもしれないですけど、頭がよくて、冷静な人だったらいいじゃないですか」

「敵にまわさへん限りはな」

どうやら先生は、そうとう小杉氏のことが嫌いらしい。直球勝負で質問してみる。

「どうして、あの人のことが嫌いなんですか？」

低く呻《うめ》いて、五分刈りの髪をかきまわす。

「昔、いろいろあったんや」

「でも、それは先生の事情でしょう。それと、恵さんが怪我をしたことは関係ないじゃないですか。それを知らせてくれたことには感謝しないと」

「でも、こっちの情報では、恵は別に変なことに巻き込まれているような様子はなかったぞ。あいつの言うことが正しいかどうかなんかわからんやないか」

それを聞いて、驚いた。放っておけばいいといいつつ、先生は恵さんのことについて、調べていたのだろうか。

ぼくの驚きに気づいたのか、先生は困ったような恥ずかしげな顔になる。

「でも、どちらの情報が正しいのかわからないじゃないですか。なんともなければ、それがいちばんいいんだし、ともかく一緒に東京に行きましょう」

「いやや、おれは行かん。行きたければ、おまえらふたりで行ってこい。歩は有給にしといたる」

なんて、強情《ごうじょう》な偏屈オヤジなのだ。いいかげん頭にきた。ぼくは鞄を持って背を向けた。

「わかりました。なにかありましたら連絡します」

そのまま屋上から降りる非常階段のところまで行くと、くるりと振り返った。大声で叫ぶ。

「先生のわからずやーっ！」

「なんやとーっ！」

先生が怒り狂った顔でこっちに向かって走ってくる。非常階段の扉を閉めて、中から鍵をかけた。追いついた先生が、ドアをどんどんと叩いた。

「おい、おまえ、なにすんねん。鍵を開けろ！」

これで、だれかくるまで、先生は屋上から降りられない。ざまあみろ、と思いながら、ぼくは階段を駆け下りた。

新大阪の駅で、歩ちゃんと落ち合った。力先生がこないという話をすると、彼女は少し、寂しそうな顔になった。

「でもさ、なんか先生は先生で、恵さんのこと調べているみたいだよ。そんなこと言ってた」

慰めるつもりでそう言ったが、歩ちゃんの表情は晴れなかった。

東京行きののぞみが、ホームに滑《すべ》り込んでくる。ぼくたちは指定の席に乗り込んだ。

「でも、小松崎さん、仕事は本当にいいの？」

「ああ、ちゃんと頼んできたから、大丈夫」

本当は、ただでさえ臨時の東京出張があったので、全然大丈夫な状況ではない。急を要するものだけ沢口に頼んだが、あとで編集長からこっぴどく叱られるのは必至だ。

新幹線は新大阪を出る。歩ちゃんは不安そうな顔で、速度を増していく窓の景色を眺めていた。

検札が終わった後、ぼくは小杉氏のことについて、歩ちゃんに話した。

「小杉……良幸さん？」

彼女はなにか思い出そうとするような仕草をした。

「聞いたことある？」

「うん、たぶん。整体についての本をたくさん出している人じゃないかな。女性向けみたいなお洒落な装幀《そうてい》で。お姉ちゃんが買ってたの借りて読んだけど、おもしろかった。力先生と同じようなことを言ってたよ」

あんなに敵対しているから、主張が逆なのかと思ったら、そうでもないらしい。まあ、同じ先生に師事していたのだから、当然かもしれないが。

ふいに、歩ちゃんが立ちあがった。

「少し、デッキに行ってくるね」

「ああ」

彼女は二、三分して戻ってきた。

「どうしたの、電話？」

「うん」

こういうことをしつこく聞くと、嫉妬深いと思われるかもしれない。そう思いながら、つい、尋ねてしまう。

「だれ、力先生?」

　彼女は首を横に振った。

「ううん、お姉ちゃん。ずっと携帯の電源切ってるみたいなんだけど……、もしかしたらって思って、ときどきかけてみているの」

　そのことばを聞いたとき、無性に恵さんに腹が立った。歩ちゃんたちに、こんなに心配をかけているのに、なぜ、連絡すらしないのだろう。

　ぼくが考えていたことが伝わったのか、歩ちゃんがぽつりと言った。

「わたし、なんとなく、お姉ちゃんが出ていった理由がわかるような気がする」

「え?　どうして?」

「うまく言えない。言っても、小松崎さんにはわからないと思う」

　少し、拒否されたようで寂しくなる。だが、歩ちゃんと恵さんは二十五年も一緒に生きてきたのだ。最近知り合ったぼくなんかには、理解できないことがあるのも当然だ。

「ごめんね、嫌な言い方だよね」

「いや、そんなことないよ」

　あわてて笑った。歩ちゃんは、目をそらすように窓の外を眺めた。

「もしかしたら、出ていったのはわたしのほうだったかもしれない。もし、小松崎さんがいなかったら……」

なんと言っていいのかわからなかった。ただ、少しだけ身体を彼女のそばに寄せた。

「恵さん、本当に怪我なんかしてないといいのにね」

彼女はこくりと頷いた。


新横浜《しんよこはま》を過ぎたあたりで、小杉氏から電話があった。

「あ、どうも……」

居眠りしていたせいで、寝ぼけた声で返事をしながら、デッキに向かう。

「今、新横浜ですので、もうすぐ東京駅に着くと思います」

「小松崎さん」

電話の声は妙に真剣だった。

「どうやら、江藤恵さんが、昨日連絡したホテルを引き払ったようです」

「ええっ!」

驚いて携帯を握りしめる。

「で、どこに行ったのかはわからないんですか?」

「今のところわかりません。引き払ったのは夜らしいので、どこか別のホテルにでも移動したのだと思いますが……ともかく、調べてみます」

「調べるって、どうやって?」

「彼女は偽名を使っていませんから、ホテルに問い合わせればわかります」

「問い合わせるったって、東京にどんだけホテルがあると思ってるんですか?」

あまりに平然とした答えに、驚く。

「プロに頼んで探してもらえれば、すぐに見つかりますよ。彼女が昨日引き払ったホテルを突き止めたのも、その方法です」

プロというと、興信所かなにかだろうか。でも、それにかかる費用は決して少なくないはずだ。

「ともかく、わたしもこれから東京駅に向かいます。丸の内中央口で落ち合いましょう」

電話を切られそうになって、ぼくはあわてて声をあげた。

「待ってください!」

「どうかしましたか?」

「あの……どうして、そんなにしてくれるんですか?」

彼は恵さんに会ったこともないはずだ。そこまでする理由などない。

電話の向こうで、小杉氏はくすりと笑った。

「合田さんに恩を売っておきたいんですよ。だから、小松崎さんが気にすることはないです」

啞然としている間に、電話は切れた。少しだけ、力先生があの人を苦手とする気持ちがわかった気がした。


丸の内側の出口で、小杉氏と落ち合った。

彼はグレーのコートの裾をなびかせて、こちらに向かって走ってきた。

歩ちゃんに小杉氏を紹介した。自分の彼女に、自分よりいい男を紹介するのは、どうも嫌な気分である。心なしか、歩ちゃんの笑顔がいつもより可愛く見える。

「御本、拝読したことがあります」

歩ちゃんのことばに、小杉氏は相好《そうごう》を崩した。

「ありがとうございます。わたしの本なんか読んで、合田さんに叱られませんでしたか？」

「そんな。なにも言われなかったと思いますけど」

彼はぼくにも笑いかけた。

「よかったです。合田さんから、わたしの悪い噂を聞いているかと思って心配しました」

思わず尋ねた。

「悪い人なんですか？」

歩ちゃんの目がまん丸になる。小杉氏はにやりと笑った。

「さあ、どうでしょう」

彼は先頭に立って、タクシー乗り場へと歩き始めた。

「一応、江藤恵さんが、昨日までいたホテルからタクシーで移動したことはわかっています。タクシー会社を突き止めましたので、すぐに連絡が入ると思います」

「あの……」

歩ちゃんがおずおずと尋ねた。

「姉が怪我をしたって聞いたんですけど、ひどいんですか？」

「肩先をカッターナイフで切りつけられて、三針ほど縫ったようです。ですが、入院が必要だとか、そういう傷ではありません」

「どうして、そんなことに」

「くわしくはわかりません。わたしもそこまでは調べられていません。ですが、ただの恐喝とか通り魔とかではなく、あきらかに恵さんを狙ったように思われたそうです」

「そんな……」

歩ちゃんはうつむいて、膝の上の拳をきつく握った。

「よかったら、わたしの事務所で興信所から連絡が入るのを待ってください。それと、今夜はお泊まりですか？」

「もし、すぐに恵さんが見つからないようなら泊まっていきます」

「なら、ホテルの手配もしておきましょう」

それを聞いて、あわてて言った。

「あの……部屋は別々で……」

振り返った小杉氏は、「なにを当たり前のことを」という表情をしていた。

そういえば、この人はぼくと歩ちゃんがつき合っていることを知らないのだった。横を見ると、歩ちゃんまで赤くなっている。

藪蛇《やぶへび》だったような気がする。彼はくすりと笑った。

「もちろん、そうさせていただきます」

彼の事務所は小綺麗《こぎれい》なガラス張りのビルにあった。力先生の場合は雑居ビルの屋上の
力先生の雑居ビルとは、雲泥《うんでい》の差である。というか、力先生の場合は雑居ビルの屋上のプレハブなので、よけいに差が大きい。

事務所自体は思ったより狭く、三人ほどの社員が働いていた。従業員数としては、力先生のところと大差はなく、少し安心する。

デザイナーもののテーブルと椅子が並んだ応接室に案内された。

「ここが、小杉整体師協会の事務所なんですか?」

「いえ、こちらはわたしの個人事務所です。整体師協会はまた別です」

その答えを聞いて、驚いた。個人事務所で三人も雇うとなると、相当の収入があるのだろう。

「同業者でも、力先生とずいぶん違うなあ……」

思わず間の抜けた感想を呟いてしまう。力先生がいれば、「頭の中漏れてるぞ」と突っ込まれるところだ。

小杉氏は穏やかな笑みを浮かべた。

「それでも、腕はあの人にはまったくかないません」

ぼくと歩ちゃんは顔を見合わせた。ぼくは、おそるおそる尋ねた。

「あの……小杉さん、どうして、先生はあなたのことを……」

「嫌っているか、ですか？」

　ぼくの直球勝負の質問にも、彼は気を悪くした様子もなかった。ただ、なにかを思い出すように、遠い目になった。

「許してもらえないようなことをしたんですよ、わたしは」

「え……？」

　戸惑ったぼくに微笑みかけて、彼は話し続けた。

「わたしも自分が悪かった、腕が足りなかったと思っている。だが、わたしは、自分のやり方が未熟だったからだと思っていて、そうして、彼は、やり方ではなく、わたしの目的自体を許せないと思っている。だから、嚙み合うことがないのでしょう」

　ことばは抽象的で、つかみどころがない。だが、先生と小杉氏の間に、妥協することのできない、主義の違いがあるということは理解できた。

「それでも、先生を協会に戻したいんですか？」

「そうですよ」

　彼は机に肘をついて、少し考え込んだ。

「わたしは、自分の目的のためには、部分的に主義を曲げることなど、どうとも思わない人間です。そこがまた、あの人と違うところですね。あの人は、自分の意に染まぬ方法で目的を達成することなど、絶対にないでしょう」

小杉氏は、まるでおもしろがるように目を細めて笑った。

「どちらが根負けするか、気力の勝負でしょうね」

力先生が根負けするまで、通うつもりなのだろうか。この人も相当、変わり者である。

「失礼しました。あなた方には関係のない話をしてしまいましたね。少し待ってください。お茶でも淹《い》れさせましょう」

小杉氏が部屋を出ていくと同時に、歩ちゃんがため息をついた。

「力先生怒るかな」

「どうして？」

「あの人にお世話になったら」

そう言われて、ぼくも考え込む。とはいえ、自分たちで恵さんを捜し出せるとは思えない。

「ともかく、恵さんの無事を確認する方が先だよ」

高そうな陶器のコーヒーカップが載ったトレイを手にした小杉氏が戻ってくる。挽《ひ》きたてのコーヒーのいい香りが部屋に漂う。

礼を言ってカップを手に取ったとき、ぼくの携帯が鳴り出した。ふたりに断わってから、電話に出る。

「ちょっとお、雄大。今、どこにいるん？」

「タルト」の里菜だ。ぼくは肩の力を抜いた。

「ちょっと用事があって、東京にきてるねん。どうしたんや」

「そうそう、編集長に聞いたら、雄大は東京やって言ってたから、連絡したんよ。わたしも今、東京やねんけど」

「なに、取材か？」

「もうー。昨日、話したやん。『時のかけら』の撮影風景を取材するって。あんた、一緒にくるって言ったやん」

膝を打つ。すっかり忘れていた。

「どうする？　これから撮影現場に行くけど、くるの？」

「うーん」

少し悩む。恵さんのことが気になるのは事実だが、今のところ、こちらの方も、待つばかりで動きようがない。短い時間で済むのなら、津田麻理恵にも会っておきたい。

「ちょっと聞くけど、津田麻理恵はそっちにいるのか？」

「当たり前やん。彼女の取材をせえへんで、だれを取材するんよ」

そのことばを聞いて、ぼくは心を決めた。この機会を逃すと、改めて津田麻理恵と会うのは難しいだろう。

場所を聞いてから、電話を切った。歩ちゃんと小杉氏に、説明する。

「大丈夫ですよ。もし、なにかありましたら、すぐ携帯にご連絡します」

小杉氏はそう請《う》け合ってくれた。歩ちゃんも頷いている。

礼を言って、ぼくは事務所を出た。ドアを閉めるとき、少し考えた。

歩ちゃんと小杉氏をふたりにして、よかったのだろうか。


タクシーで、聞いていたスタジオまで移動した。

「遅いーっ、なにやってるんよ」

迎えに出てくれていた里菜と合流して、中に入る。目を焼くほどのライトの光にぼくは息を呑んだ。

スタジオの真ん中には、部屋らしきセットが組まれていた。ベッドと机のみの殺風景な部屋だが、柔らかなカーテンの素材や、薄い青のラグのせいで、若い女の子のものだとわかる。

今日は、ヒロインの自宅でのシーンを撮影するのだ、と里菜がぼくの耳許で囁いた。これが済むと、また別の場所に移動して、深夜まで夜の学校の場面を撮《と》るという。

金村監督が、津田麻理恵に演技指導をしているのが見えた。

ぼくは里菜に尋ねた。

「麻理恵のインタビュー許可は取っているのか？」

なんたって、向こうは、十代にしてすでに大女優の風格さえ漂わせている、日本映画界のスターだ。ちょっと声をかけるというわけにはいかない。

だが、里菜は、胸をとん、と叩いて、「まかしとき！」と言った。

「麻理恵ちゃんの取材は、これまでも何度かしてるんよ。さっき、声をかけたら、ちゃんとわたしのこと覚えていてくれたし、大丈夫。もちろん、事務所にも許可は取ってあるし」

ちょうど、監督と話が終わった津田麻理恵が、こちらを向いた。里菜に向かって、小さく手を振っている。

姉御肌で、さばさばした性格の里菜は、羨ましいくらい女性に好かれる。一度、取材しただけの女優やミュージシャンなどとも仲よくなって、メール交換などしているという噂もよく聞く。そんな感じで、津田麻理恵の心もつかんだのだろう。

そうこうしているうちに撮影がはじまった。麻理恵と、もうひとりの若い女優が、麻理恵の部屋で会話をしているシーンだった。

若い女優には見覚えがあった。何度かドラマの脇役で見たことがある女の子だ。彼女が出水梨央の代役らしい。

少し考え込む。出水梨央の誘拐。それは身代金《みのしろきん》目的なのだろうか。彼女を拘束することによって、この映画に出られなくすることが目的なのではないだろうか。

そう考えた後、あまりの現実味のなさに苦笑する。

この映画が、大ヒット間違いなしと言われているほどの超大作ではあるまいし、大きな配給会社がバックについているわけでもないから、たぶん単館上映になるだろう。犯罪まで犯す価値はない。

それに、今代役をやっているのは、まったくの無名ではなく、ぼくでも知っているほどの女優だ。むしろ出水梨央よりずっと有名だろう。

ぼくは一度も会ったことのない出水梨央のことを思った。やっとつかんだチャンスなのに、彼女はどんな気持ちでいるのだろう。

周囲が急にざわつきはじめた。このシーンの撮影はＯＫが出たようだ。

スケジュールによると、この後はヒロインの両親のシーンらしい。津田麻理恵は、しばらく休憩できることになる。

マネージャーに挨拶して、ぼくたちは、津田麻理恵の方に近づいた。

「麻理恵ちゃん、お疲れさま」

「あ、里菜さんお疲れさまですー」

パイプ椅子から立ちあがって、麻理恵は微笑した。ブレザーの制服が似合っていて、眩《まぶ》しい。

親しみやすい、少年のような印象の女優、そんなイメージは、そばに寄っただけで、粉々に砕かれた。肌は透き通るように白く、顔は小さく、それぞれのパーツがため息をつくほど美しい。ぼくはうっとりと彼女に見惚《みと》れた。

里菜は、ぼくとカメラマンを紹介した。

「はじめまして、よろしくお願いします」

彼女は礼儀正しく頭を下げた。ぼくもあわててお辞儀をする。

マネージャーがパイプ椅子を持ってきてくれたので、腰を下ろす。里菜は親しげに、麻理恵に、映画に関する質問をはじめた。麻理恵の返事から、うまくポイントを引き出して、話題を広げていく。

ぼくもメモを取りながら、彼女の話を聞いた。

ふいに、里菜が、肘でぼくを小突いた。

「雄大、なんか聞きたいことあったんじゃないの？」

ぼくはあわてて、背筋を伸ばす。

「あ、あの……友達役を降板した出水梨央さんのことだけど……」

彼女の表情が、ふいに強ばった。すぐに笑顔に戻ったが、その一瞬だけの硬直が、ぼくの目に焼き付いた。

「同じ中学だったんだよね。仲よかったのかな」

彼女は首を横に振った。

「話したことはなかったと思います。ずっとクラスも別だったたし、わたしも学校をよく休む人間だったたから。でも、彼女のことは知ってました。可愛い子だな、って思ってた。話してみたいと思っていたから、今回、一緒に仕事ができると知って、楽しみにしていました」

そのことばに、わざとらしさはなかった。だが、彼女は女優だ。演技などお手の物だろう。

「こんなタイミングで病気休養なんて、残念だよね」

事情を知らない里菜が言う。

里菜がまた映画の話を尋ねはじめたので、梨央の話はそこまでになった。ぼくは考え込んだ。力先生は彼女の過去を調べてみろと言ったけど、どうやって調べればいいのだろう。

ずうずうしいと思いながら尋ねた。

「梨央ちゃんと共通の友達とかはいなかったの?」

「わたし、中学ではほとんど友達なんていなかったです。あの子もそうじゃないかな」

彼女はこともなげにそう言った。

麻理恵は苛めに遭っていたから、友達がいないというのはわかる。ということは、梨央もそうだったのだろうか。

「あの……梨央ちゃんも、苛められていたとか、そういうこと?」

思わず尋ねると、麻理恵の表情が変わった。図星だったのだろう。

「ごめんなさい。口が滑ってしまいました。このことは書かないでくださいね。梨央さんのプライベートなことだから」

「いや、もちろん、書かないよ」

そう言うと、麻理恵はほっとしたように胸を撫で下ろす。

だとすれば、麻理恵と梨央の間には、被害者同士の連帯感みたいなものが存在したのだろうか。だから、彼女は「話してみたいと思っていた」と言ったのだろうか。

短い休憩時間だろうに、あまり時間を取ってもかわいそうだ。次の撮影に差し障るかもしれない。

ぼくたちは麻理恵に礼を言って、彼女のそばを離れた。

里菜はまだこれから取材を続けるらしい。恵さんのことも気になるので、ぼくはそろそろ、戻ることにした。

帰る間際、立って紙コップからなにかを飲んでいる麻理恵のそばを通った。短い髪と細い首を見て、だれかに似てるな、と考えた。

撮影所を出たところで、歩ちゃんに電話をした。

「あ、小松崎さん！」

弾んだ声が返ってきて、ぼくは胸を撫で下ろす。悪い方に物事が進んでいるわけではなさそうだ。

「お姉ちゃんが泊まっているホテルがわかったの」

「なんだって？」

「でも、お姉ちゃん、出かけていて、帰っていないみたい。これから、ホテルに行って待とうと思うんだけど、小松崎さん、これからどうするの？」

「もちろん、ぼくも行くよ！」

とりあえず、小杉氏の事務所まで戻ることを約束して、電話を切る。急いでタクシーをつかまえた。

車が出ると同時に携帯が震えはじめた。撮影のため、マナーモードにしてあったのだ。

「はい」

「小松崎！　おまえ、ええかげんにせえよ！」

頭に響く声がして、ぼくは携帯を耳から離した。力先生だ。

「屋上には便所がないねんぞ。何時間、あそこから降りられへんかったと思ってんねん！」

「そんな大声ださなくても聞こえますよ」

携帯を少し離しながら喋る。一通り怒鳴《どな》り終えると、先生も少し落ち着いたようだった。

「で、おまえ、どこにおんねん」

やっと先生の声が普通に戻った。ぼくはため息をついて座り直した。

「どこって、東京ですよ」

「だから、東京のどこや」

戸惑いながら尋ねる。

「それを聞いて、どうするんですか」

「おれも今、東京駅におんねん」

「ええっ！」

驚きのあまり、携帯を取り落としそうになった。先生の得意げな声が耳に響く。

「これから恵を捜しにいくぞ」

第十二章　恵

しばらくベッドに座り込んで、虚空《こくう》を眺めていた。

自分がどうしたいのか、どうするべきなのか、わからなかった。

彼女のことは、とりあえず頭の隅にでも片づけて、部屋探しに行くべきだ。そんなふうに思ったけど、なぜか身体が動かなかった。

しばらく考えた後、決心した。立ちあがって、ハンドバッグを開ける。数日ぶりに携帯の電源を入れた。そうして、彼女の携帯の番号をプッシュした。

なにもない。わたしはなにも恐れていない。ただ、彼女がいつ帰ってくるのか聞くだけだ。でないと、このホテルの部屋がもったいないから。

呼び出し音が鳴る間、わたしはなぜか自分に言い訳を続けていた。

呼び出し音はひどく長く続いた。電話のそばにいないのか、と思って、切ろうとしたときに、呼び出し音は切れた。

「あ……、いずみちゃん？」

声がしないので、呼びかけた。電話の向こうからは返事がない。

ひどく息苦しいような気持ちになって、携帯を握りしめた。

「梨央と話したいのか」

返ってきた声を聞いて、わたしは息を呑んだ。

あの男の声だ。最初に彼女の携帯に電話をかけてきた男。路地でわたしの肩を切り裂いた男。

唇を舌で湿《しめ》して、わたしは声を出した。

「ええ、話したいわ。代わってくれる?」

「ここにはいない。会いたいか」

心臓の鼓動が激しくなる。携帯を彼が持っているということは、彼女は一度、この男に接触したということだ。いったい、なにがあったのだろう。

わたしはゆっくりと言った。

「会いたいわ。会わせてくれる?」

「ここへこい」

どこか苛立ったような声だった。彼は早口で住所を告げた。あわてて、メモを取った。

「行き方がわからないわ」

「自分で調べろ」

そういうと同時に電話は切れた。

わたしは電話を膝に置いて、大きく息を吐いた。

どうするべきだろう。あの男はあからさまに怪しい。そして、危険だ。この間、路地に連れ込まれたときも、大して怒らせるようなことを言ったわけでもないのに、いきなり切りつけてきた。どこかが、壊れているような気がした。

彼に会いに行くのは危険だ。警察に連絡した方がいい。わたしの理性的な部分が、そう囁いていた。

けれども。

わたしは立ちあがった。鏡の前に立って、口紅を引く。

もともと、自分を捨てるような気持ちで、ここまできたのだ。だとすれば、あと一歩を踏み出すなんて、大したことではない。

口紅はまだ残っていたけれども、わたしはなんとなくそれを屑籠《くずかご》に放り込んだ。鞄を手に、部屋のドアを開ける。

地図を頼りに、住所を探した。電車を乗り継いで辿り着いたのは、小さな駅だった。改札を出ると、古いがにぎやかな商店街が続いていた。人の住む街だ、と思った。

大きなビルばかりが立ち並ぶ都心とは、まったく違う。生活の匂いのする優しい街。すれ違うのも、年輩の人ばかりだ。

一瞬、くつろいだ気持ちになったが、すぐに気を引き締める。駅の隣に、小さな交番を見つけて、記憶の中に書きとめた。ここに駆け込むようなことにならなければいい。

商店街はすぐに終わり、町並みはよけいに寂しくなっていく。手元の地図と見比べながら、ひたすら歩いた。

男が指定したのは、古びた木造の一軒家だった。狭い敷地に、にょっきりと立っている。

表札を探そうとしたが、見つからない。住所からすると、ここに間違いないはずだが。

わたしは大きく深呼吸をして、ドアフォンを押した。返事はすぐに返ってきた。

「入れ」

鍵が開いたような音がした。わたしは、ドアノブをまわした。

あのとき会った男が、玄関に立っていた。帽子は被っていなかったけど、すぐにわかった。まとっている空気が同じだった。

びりびりと、肌の表面にまで伝わる緊張感に、わたしは息を呑んだ。

「入れと言っているだろう」

わたしは黙って、中に入った。ドアを閉めようか迷っていると、声が飛んでくる。

「ドアを閉めて鍵をかけろ」

勢いに飲まれて言われたとおりにする。わたしが鍵をかけたのを確認すると、彼はわたしへと近づいてきた。危機感を覚えて、一歩後ずさったわたしの手をつかむ。

目の前に果物ナイフがつきつけられた。なんとなく予期していたから、驚かなかったが、落ち着くために大きく息を吐く。

「梨央はどこにいる」

いきなり尋ねられて、わたしは驚いた。

「どういうこと？　彼女に会わせてくれるって言ったやない」

彼はその質問には答えず、言った。

「答えろ。梨央はどこにいる。おまえが誘拐して隠しているんだろう」

「知らないわ。それはわたしが聞きたいくらいだわ」

彼はわたしの肩を押して歩かせた。奥の和室へと押し込まれた。

部屋の隅に、彼女のコートがあるのが目に入った。たぶん、コートのポケットにでも携帯が入っていたのだろう。

とりあえず、気持ちを落ち着ける。彼女はここにはいない。いるのなら、彼がこんなにキレているはずはない。

ふいに、後ろ手につかまれた。

「なにするんよ！」

抵抗するが押さえ付けられる。あっという間に、手錠のようなものをはめられた。

彼の目は普通ではない。こっちが騒ぐと、下手に刺激してしまうだろう。

「痛いやないの。外してよ」

彼は、わたしの手を拘束し終えると、投げ出された彼女のコートを抱いた。そのまま、しばらく蹲《うずくま》っていた。

眠ってしまったのか、だとしたら、逃げ出せるかもしれない。そのくらい長い時間が流れたあとだった。

彼の肩が震えていた。啜り上げる音が聞こえて、彼が泣いていることにわたしは気づいた。

混乱しているのなら、うまく諭《さと》せば逃がしてくれるかもしれない。わたしを拘束しても、彼になんのメリットもないはずだ。

わたしは優しい声で言った。

「どうして、泣くの？」

「梨央が……梨央が逃げた……」

彼は子供のようにしゃくりあげながら泣き続けた。

「どうしてだ……おれは、あいつを助けてあげたのに……」

助けた。わたしは眉をひそめた。梨央は、彼の話をしたとき、そんな男は知らないと言っていた。あれは嘘なのか、それとも助けたというのが、彼の妄想なのか。

「助けたって、どんなふうに？」

「電話を……」

それだけ言って、彼は口をつぐんだ。さっぱりわからない。

時間はただ、無為に流れていく。同じ姿勢を取るのにくたびれて、わたしは言った。

「ねえ、あなたと梨央とは、どういう関係なの？」

彼はきっと顔を上げた。

「おれは梨央を助けた！　あいつが助けてくれって言ったから助けた。あいつが助けてくれと言ったんだ……あいつが……あいつが……」

また、自分の世界に閉じこもろうとした彼を、引き留めるために叫んだ。

「彼女を殴ったんじゃないの?」

彼の目が、戸惑ったように丸くなる。思ってもいないことを言われたという顔だった。

「殴った……? おれが、梨央を……? まさか」

「髪は? 髪を切ったんじゃないの?」

「そんなことしない! 彼女を……彼女を傷つけたりしない!」

彼は頭を抱えて小さくなった。わたしは首を傾げた。だとすれば、彼女の髪を切ったり、頭を殴ったりしたのは、いったいだれなのだろう。

彼はまたうつむいて、ぶつぶつとつぶやきはじめた。

薄気味悪く感じながら、わたしは彼を見つめていた。


部屋の窓はひどく小さいが、それでも夜になったことはわかる。

コートを着たまま拘束されてよかった、なんて、一瞬考えて、苦笑した。この部屋はすきま風が吹き込んでくる。

彼は苛々と部屋を歩き回ったかと思うと、また小さく身体を丸めるように蹲った。

ただじっとしているだけなのに、気持ちが張りつめているせいか、疲労感が身体を襲う。できることなら、このままでも少し眠りたい、と思った。もちろん、いつ刺されるかもしれない状況で、眠れるはずなどないのだが。

わたしは改めて思った。

居心地のよかった場所を飛び出してしまったのは、自分に罰を与えたかったから。だから、理不尽な死はそれほど怖くはない。

けれども、今、ここで死ぬのは嫌だ。きっと、ここで死んだら、彼女が悲しんで、自分を責めるだろう。そして歩も。

わたしは歩に告げなければならない。わたしが飛び出したのは、あんたの責任じゃなくて、わたしは充分幸せなのだ、と。

そう告げてからならば、不運が束になってやってきてもかまわない。

時間はゆっくり、重く、流れていく。

ふいに、嫌な想像が頭をよぎった。

もしかしたら、梨央はもう殺されてしまったのかもしれない。彼女の死体は、バスルームかどこかに置き去りにされていて、この男はそんなことも忘れてしまったのかもしれない。

歯がかちかちと震えた。彼女の青ざめた死に顔が、ひどく鮮やかに頭に浮かぶ。わたしは口を開いた。

「ねえ、彼女はどこにいるの?」

「知らない! あいつは逃げた! おれに助けてくれって言ったのに……おれはあいつを助けたのに……」

先ほどからの疑問をわたしは口に出す。

「助けたって、なにから助けたの? なにをしたの?」

彼はうつろな目で話し始めた。

「あいつはおれに、助けてくれって言った。電話をかけてほしいって」

「電話?」

「そう、電話だ」

彼はもうだれと会話しているのかすら、わかっていないようだった。

「電話って、どんな?」

「かならず、探し出してやる、そう、一言だけ言ってほしいって……」

かならず、探し出してやる。それは、彼女の携帯にかかった電話だ。わたしが取って、わたしが聞いた。

いったいどういうことなのだろう。

「せっかく、おれが助けてやったのに……どうしておれを裏切るんだ……ずっと、見ていたのに……好きだったのに……」

彼はおいおいと声をあげて泣き出した。どうすればいいのだろう。

彼女に会わせてあげると言って、一緒に家を出て、駅前の交番に駆け込めばいいかもしれない。

そう思って、わたしはできるだけ優しい声で、彼に話しかけようとした。

まさにそのときだった。

天井から大きな音が響いた。驚いて上を見上げる。電灯の笠が激しく揺れ、埃《ほこり》が落ちてきた。男も啞然とした顔で、天井を見上げていた。

音は二階でしているようだった。なにが起こっているのかわからず、わたしは茫然《ぼうぜん》と座り込んでいた。

男は跳ねるように立って、二階に続く階段を駆けあがった。

「うわあああああっ」

悲鳴と同時に、上がったはずの男が転げ落ちてくる。そうして、その後になぜか自転車が凄い勢いで滑り落ちてきた。男は自転車の下敷きになる。

驚きのあまり立ちあがろうとしたが、脚が痺れて動けない。

二階から声がした。

「先生！　無茶ですよ。さっきの人が怪我したらどうするんですか」

「アホか、わざとちゃうわ。手が滑ったんじゃ！」

聞き覚えのある声。だが、彼らがこんなところにいるはずはない。

気を失ってしまったのか、男は自転車の下でぴくりとも動かない。

だれかが、階段を駆け下りてくる音がする。

「恵さん！」

「恵！」

同時に名前を呼ばれた。力先生と小松崎くんがそこにいた。

わたしは夢を見ているのだろうか。疲れ切って、いつのまにか眠ってしまったのだろうか。

「お姉ちゃん！」

少し遅れて、駆け下りてきたのは歩だった。目と目が合う。

実際は一瞬だったのだろう。けれど、とても長い時間が流れたような気がした。

歩は小松崎くんを押しのけて、わたしに駆け寄った。強い力で、しがみついてくる。

「お姉ちゃん！　お姉ちゃん……よかった……」

歩がわたしの肩に顔を押しつけて泣く。柔らかくて、あたたかくて、遠い昔に嗅いだのと同じ匂いがした。

なぜか涙があふれた。

神様。

たとえ、苦《にが》い記憶を忘れられなくて、百パーセント、なんの曇りもなく愛していると、言い切ることができなくても、それでも、愛しているのだと、大事に思っているのだと、認めてもかまわないでしょうか。

そう思うことを、許してくれるでしょうか。

涙はとめどなくこぼれて、歩の髪を濡らす。

先生の声がした。

「おまえ、歩に謝れ。どんだけ心配かけたと思ってるねん」

「ごめん、ごめん、歩……」

しゃくりあげながら、歩に言う。歩はただ、首を横に振っただけだった。

「小松崎にも謝れ」

「そんな……ぼくはいいですよ、なにも謝られるようなことは……」

「小松崎くん……ごめんなさい」

心配してくれたのに、わがままなことばかりして。

啜り泣きながら、顔を上げると、力先生と目が合った。先生は言った。

「おれには別に謝らんでええ。戻ってくると思ってたから」

そう言われて、わたしはよけいに泣き出してしまう。歩の髪に顔を埋《うず》めて。

「それと、おまえに謝らなければならないやつもおるな」

先生は、ちょっと困ったような声でそう呟いた。力先生の後ろに、彼女が立っていた。

「いずみちゃん！」

彼女がどうして力先生たちと一緒にいるのだろう。彼女はパーカの紐を握りしめて、下を向いていた。はじめて会った頃のようだ。

彼女は顔を上げた。今にも泣きそうな表情をしていた。

「ごめんなさい……ごめんなさい、おねえさん」

どうして謝られるのかわからず、わたしは困惑したまま彼女の顔を眺めていた。

第十三章　小松崎

あまりにもいろんなことが起こりすぎて、なにから話していいのかわからない。

ともかく、力先生から電話がかかってきたあたりから、はじめることにする。

今、東京駅にいる。そう言われて、タクシーのシートから転げ落ちそうなほど驚いた。

ともかく体勢を立て直し、先生に現状を説明した。恵さんが前のホテルを引き払って、新しくチェックインしたホテルまではわかったが、彼女は出かけてしまって、そこには帰っていないのだ、と。

「で、歩は今一緒か」

「歩ちゃんは、小杉さんの事務所に……」

そう言いかけたとたんに、怒声が飛んできた。

「だから、なんであいつが首突っ込んでくるねん。あいつには関係ないやろ」

「知りませんよ」

携帯を耳から離しながら、言い返す。

たぶん、「小杉さん、先生に恩を売りたいって言ってましたよ」などと言ったら、烈火のごとく怒って、また当たり散らされるのに違いない。

「ともかく、歩連れて東京駅までこい。小杉には首を突っ込むなと言っとけ！」

「そんなん、恵さんの居場所を探してくれたのは……」

電話はがしゃんと切られた。相変わらず、石頭にもほどがある。

だが、力先生がきてくれたと思うと、不思議に力強い気分になる。ひょろひょろで、偏屈で、気まぐれな人だが、行動力と直感は飛び抜けている。

小杉氏の事務所に戻って、ぼくは歩ちゃんに力先生のことを話した。

歩ちゃんの目がとたんに輝いた。彼女も同じ気分なのだろう。

小杉氏はそれを聞いて、くすくすと笑った。

「合田さんがいらっしゃるのなら、わたしはこれ以上首を突っ込まないほうがいいでしょうね」

「すみません、お世話になりました」

「いえ、もしお手伝いできることがありましたら、ご連絡下さい」

彼は悪戯っぽく笑って、そう言った。

力先生と待ち合わせた東京駅まで、ぼくと歩ちゃんはタクシーで向かった。

ひどく、唐突に、歩ちゃんが口を開いた。

「わたし、小杉さんに聞いたの」

「え、なにを?」

「先生と、昔、なにがあったのかを」

ぼくは、ひどくびっくりして、彼女の顔を見た。ずうずうしいぼくですら、なんだか聞きにくい雰囲気を感じた事柄だった。それなのに、こんなに大人しい歩ちゃんが、彼からそれを聞き出したなんて。

「どうしたの?」

ぼくが驚いた顔をしているのが不思議だったのか、歩ちゃんは少し首を傾げるようにして、ぼくの表情を窺う。

「いや、大胆だなと思って」

「だって、やっぱり、わたしは先生のこと尊敬しているもの。先生が嫌っている人にお世話になるのは、きちんとその理由がわからないとすっきりしないと思ったの。そう言ったら、小杉さん、教えてくれた」

「なにがあったんだって？」

歩ちゃんは、一度口を閉ざして、考え込んだ。それからまた口を開く。

「患者さんが、死んだんだって。自殺だったって」

五年ほど前、小杉氏が受け持っていた二十代の女性が自殺したのだという。

原因は、彼女の症例を、小杉氏が、雑誌に持っていた連載に書いたことだった。

「小杉さんは、彼女のことだと絶対にわからないように、名前も詳細もぼかして書いたし、決して悪意のあることを書いたわけではなかったんだけど、彼女には自分のことだとわかってしまった。自分の心の傷を、大勢に向けて暴かれたことで、彼女はショックを受けてしまったんだって。もともと鬱《うつ》の傾向があった人らしいから、衝動的に……」

ビルから飛び降りて、命を絶ったという。

「小杉さんが所属している整体師協会は、たまたま運が悪かっただけだとして、小杉さんに処分を与えないことにしたんだけど、力先生はそれに納得できなかったらしいわ。自分から、除名を申し出たって言ってた。『人を傷つけて、その手で人を癒《いや》すことなんてできない』。そんなふうに言ったって」

あまりに衝撃的な出来事に、どう言っていいのかわからないまま、ぼくは歩ちゃんに尋ねた。

「小杉さんは、どう言っていたのかい」

「彼女の病状や性格をきちんと見抜けなかったのは自分の過ちで、それは責められても仕方のないことだけど、小杉さんは、自分が今まで見てきた患者のことを公《おおやけ》にすること自体は、間違っているとは思わないって。それを読んで、指針を見つける人もたくさんいるはずだから。そう言っていたわ」

　ぼくだって、曲がりなりにも真実を記して生活の糧《かて》にしている人間だから、小杉氏の言っていることはわかった。どんなに注意していても、筆はだれかを傷つけてしまうかもしれない。だが、記さなければ、大事なことも伝わらないのだ。

　ぼくは気づいた。だから、力先生は、あの小さくて、汚いプレハブ小屋から動こうとしないのかもしれない。自分の目の前にいる人と、手の中にあるものを愛《いと》おしんで、癒して、生きていこうとしているのだろう。

　多くを望めば、人は必ずなにかを失い、傷つけてしまうものだから。

　歩ちゃんは、少しぎこちなく、ぼくにもたれかかってきた。

「難しいね」

　そう、たぶん、答えはひとつではないのだから。

駅舎の前で仁王立ちになって、力先生は待っていた。まわりの人が不審そうに、この寒空にぺらぺらのジャケット一枚の男を眺めていく。しかも、柄は亀である。どこから、あんな服を探してくるのだろう。

「遅いぞ！」

えらそうに言われて、ちょっとムッとする。一緒に行こうと誘ったのを断わったのはそっちのくせに。

見れば、力先生の足下には折り畳みの自転車が置いてあった。

「先生、それ、なんなんですか？」

「これか。東京での足がないと困るやろ。旅行用や」

啞然として歩ちゃんと顔を見合わせた。

「そんなん無理ですよ。それで東京の街を移動するつもりなんですか？」

「なんで無理やねん。東京は自転車禁止法でもあるんか」

「そういうわけやないですけど……土地鑑《かん》ないくせに」

「アホか、これでも、前には東京におったんやぞ。それに、ちゃんとさっき、そこの本屋で地図も買ったし」

大いばりしながら、ぼくの目の前に地図を差し出す。この人は事の重大さがわかっているのだろうか。

歩ちゃんが言った。

「でも、わたしや小松崎さんはどうやって移動するんですか？」

先生は少し考え込んだ。

いや、だからふたり乗りは道路交通法違反なのだが。

「ひとりやったら、後ろに乗せることもできるけど、ふたりはなあ」

「まあ、仕方ない。チャリは単独行動を取るときだけにするわ。で、恵の泊まっているホテルはどこやねん」

「行くんですか？　たぶんまだ恵さん帰ってないと思いますけど……」

「かまへん。少し心当たりもあるんや」

「じゃあ、タクシーで」

タクシー乗り場の方に歩き始めると、肩をがっしりとつかまれた。

「なんで、タクシーなんか乗らなあかんねん。電車が走っていないところにあるんか、そのホテル」

「そうやないけど、タクシーの方が早いですよ」

先生はそれには答えず、自分で駅の方に歩いていく。ぼくと歩ちゃんは顔を見合わせて、それから先生を追いかけた。

電車を乗り継いで、恵さんがチェックインしたビジネスホテルに着いた。

フロントで彼女が戻っていないか尋ねる。フロントの礼儀正しい男性は、鍵の入っている棚を見て、「お戻りになっています」と言った。

ほっと胸を撫で下ろす。わざわざ力先生にもきてもらったが、無駄足だったかもしれない。

「じゃあ、呼んでくれるか」

「少々お待ち下さい」

ホテルマンは、部屋に電話をかけた。「お客様がいらしています」と告げると、受話器を力先生に渡した。

「恵か？　ん……、なんや自分か」

力先生の眉間に皺が寄る。

「恵はどうしてん？」

ぼくは歩ちゃんの顔を見た。どうやら部屋にいるのは恵さんではないらしい。しかも力先生の知り合いのようだ。

「何号室や、ん、じゃあ、これから上がるわ」

力先生はそう言って、電話を切った。そのままエレベーターの方へ歩いていく。

「先生、恵さんじゃないんですか？」

「うん、恵の友達や」

エレベーターに乗って、六階まで上がり、６１８号室のドアをノックする。

ドアはすぐに開いた。

現れた女の子を見て、ぼくの目は丸くなる。

そこにいたのは、出水梨央だった。


「き、きみは……っ」

動揺してことばにならない。彼女はきょとんとした顔でぼくを見た。

あの長くてきれいな髪が、短く切られていて、一瞬別人のようだが、たしかに彼女だ。

「ああ、小松崎は彼女のことを調べていたんやな」

はじめて思い出したように力先生は言う。

「こっちが、小松崎雄大、雑誌の記者や。で、こっちが歩。恵の妹や」

なぜかそう言われたとき、梨央の目が驚いたように見開かれた。

ビジネスホテルらしい、狭くて殺風景な部屋だった。ツインベッドの片方に、彼女は腰を下ろした。力先生が窓際のデスクの椅子に座り、ぼくと歩ちゃんは、迷ったあげくに、もう片方のベッドに座った。

ぼくは疑問を口に出した。

「きみ……誘拐されたんじゃなかったの?」

「誘拐、ですか? だれがそんなことを」

「きみのマネージャー」

彼女が小さくため息をついた。

「病気ということになっていたことは、知ってたけど……」

椅子にふんぞり返った力先生が、口を挟む。

「小松崎が、あんたの病気に興味を持って、首を突っ込んだからな。書かせないために、誘拐ということにしたんかもしれんな。帰ってきたら、悪戯電話やったと言えば、大事にはならんはずやし」

ぼくは脱力して、ため息をついた。あのマネージャーにうまく、してやられた。

「木下さんがそんなことを……」

ぼくは身を乗り出した。

「ねえ、どうしてここにいるんだい。誘拐されたのは嘘だとしても、失踪したんだろう？　なにかあったの？　映画の撮影はもうはじまっているよ」

彼女はびくんと、身体を縮めた。怯えるように下を向く。

「おい、こら、小松崎、今は恵のことの方が先や」

力先生から叱られて、はっと気づく。それでも、これだけは言っておきたい、そう思って口を開いた。

「津田麻理恵さんが、心配していたよ。きみと共演したかったたって」

彼女の表情が泣き出しそうに歪んだ。パーカの紐を指に絡める。

「津田さんが……」

力先生が身を乗り出した。

「それはもうええ。恵は今、どこにいるか知らんか」

梨央は首を横に振った。

「わたしも今朝は出かけていて……それで帰ってきたら、おねえさんはもういなかった。どこにいったのかは……」

急に歩ちゃんが立ちあがった。

「お姉ちゃんの携帯！」

見ればベッドサイドテーブルに恵さんの携帯が投げ出してある。ストラップには編みぐるみのパンダ。歩ちゃんが作ったものだ。

歩ちゃんは、携帯の電源を入れた。通話記録を呼び出した。

「今日の昼頃、お姉ちゃん、だれかの携帯に電話してる」

「え？」

梨央が画面を覗き込んで、息を呑んだ。

「これ、わたしの携帯……」

彼女の顔が青ざめる。小さな声で、どうしよう、どうしよう、と繰り返し呟いた。

「どうしたんや。自分の携帯に電話したら、なんか困ったことになるんか」

彼女は力先生に駆け寄った。

「わたしの携帯、今、別の人が持っているんです。その人、なんかおかしくて……たぶん、今までもおねえさんに、怪我させたりしてて……だからおねえさん、その人に呼び出されたのかも」

「でも、そんな危ないやつやとわかってたら、わざわざいかんやろう」

「わたしが捕まっていると思ったのかも……」

力先生の顔が真剣になる。

「そいつがどこにいるか、わかるな」

彼女はこっくりと頷いた。

「よし、じゃあ、恵を助けに行くか」


なぜか、力先生はまたタクシーで行くことを嫌がった。

「なんでなんですか。絶対そっちの方が早いですよ！」

三対一で説き伏せられて、渋々というように後部座席に乗り込んだ。夜だから渋滞もなく、車はすいすいと進んでいく。

横を向いて、気づいた。先生の顔が青い。背もたれにぐったりと凭《もた》れて、虚空を眺めている。

ぼくはあることに思い当たった。

「……先生……もしかして……」

「おれに話しかけるな」

冷たく言って、また虚空を睨む。額に冷や汗が滲んでいる。

ぼくは歩ちゃんと目を合わせた。歩ちゃんも、はじめて気づいたような顔をしている。

「先生がいつも自転車に乗っているのって」

「話しかけるな、言うたやろ」

そう言う声はひどく弱々しい。

今までまったく知らなかった。

先生が乗り物に弱いだなんて。


辿り着いたのは、閑静な住宅街の中だった。夜も更けて、ひっそりと静まりかえっている。梨央は、ぼくたちを一軒の家の前に案内した。

「ここなんだけど……」

庭先から覗いてみるが、奥の和室に明かりがついているだけだ。

「どうする。とりあえず、玄関から行ってみるか？」

力先生の提案に、梨央が不安そうに首を横に振る。

「でも、話が通じるような感じじゃないもの……」

「ふうん……」

力先生は腕組みをして、その家をまじまじと眺めた。

「おっ、二階の窓が開いているぞ」

先生は、いきなりポケットからロープを取り出して、ずっと持ち歩いていた折り畳み自転車を背中にくくりつけた。

「先生、それどうするんですか？」

「いざというときは、武器になるぞ」

それは想像するだに恐ろしい。

先生は背中に自転車をくくりつけた状態で、雨樋《あまどい》をするすると昇っていった。こんなところをパトロール中の警官に見られたら、尋問の上、警察に連れて行かれても仕方ない。

力先生だけかと思ったら、歩ちゃんまで昇りはじめる。

「ちょ、ちょっと歩ちゃん。危ないよ」

彼女は決意の滲んだ表情で振り返った。

「大丈夫。行かせて」

危なっかしい動きで、それでも雨樋を昇っていく。二階のベランダに辿り着いた先生が、手を伸ばして歩ちゃんを引き上げた。

こうなると、ぼくだけが待っているわけにはいかない。ぼくも雨樋を昇る。本来の目的以外に使われた雨樋が、ぎいぎいと文句を言った。

はあはあ言いながら、ベランダに辿り着くと、力先生が腕組みをして考え込んでいた。

「どうしたんですか？」

「窓が開いていると思ったんやけど、ガタがきてこれ以上閉まらへんだけらしい。さて、どうするか」

たしかにわずかな隙間は開いているが、人が入れるほどではない。先生は、背中に背負った自転車を下ろした。もうひとつの、空いていない方の窓の前へと移動する。

先生はいきなり、自転車を窓に叩きつけた。

すごい音がして、窓が割れた。


その後のことは、もうめちゃめちゃで、なにが起こったのかなんて、順序立てて話すことはできない。

覚えているのは、下から駆けあがってきた男に向けて、先生が思いっきり自転車を投げつけて（先生は後で、手が滑ったんだと言い訳したが、あれは明らかに投げつけたのだと思う）、その後階段を下りていくと、そこに恵さんがいて、歩ちゃんが泣き出してしまって、ぼくはただ、玄関を開けて梨央を中に入れただけだった。

ともかく、男を警察に突きだして、ぼくたちはホテルへと戻った。疲れていたけれど、眠る気にもなれず、車座になって座る。

なによりも、気になって仕方がないのは、恵さんと出水梨央の関係だ。なぜ、ふたりは一緒にいたのか。どうして、梨央は恵さんに謝ったのか。考えたって、見当もつかない。

恵さんもどうして謝られるのか、わからないみたいだった。何度か、恵さんが問いかけても、梨央は下を向いて首を振るばかりだった。

ようやく力先生が口を開いた。

「なあ、自分、きちんと説明せえ。でないと、また同じことを繰り返すぞ」

梨央はおそるおそる口を開いた。かすれた声で言う。

「おねえさん、わたし、おねえさんにたくさん嘘をついた」

「嘘ってなに。殺されるかもしれないって言ったこと？」

恵さんはひどく優しい声で尋ねた。嘘をつかれたと聞いても、腹を立てたりしなかった。

「そう。怖かったのは本当。でも、怖いって言ってもわかってもらえないような気がして……」

「なにが怖かったの?」

彼女はまっすぐ前を見た。少しずつ、ことばを紡ぎはじめる。

もつれた糸をほどくように。


中学生のとき、彼女の世界は変わったと言う。

きっかけがなんだったのかさえ、覚えていない。クラスの一部の男の子たちに目をつけられて、苛めがはじまった。

それと同時に、それまで仲の良かった女の子たちも、彼女から離れていった。机を蹴り倒され、教科書やノートを踏みにじられた。横を通るだけで、耳を塞ぎたくなるようなことばで罵《ののし》られた。

体育の跳び箱やマットの授業で、彼女の番がきただけで、クラスの半分近い生徒が、はやしたてた。残りの生徒たちは目をそらして、見て見ぬふりをした。その場を見た先生も、なにも言おうとはしなかった。

なにより、恐ろしいと思ったのは、彼らが自分を憎んでいるから苛めていたわけではなかったことだ。苛める側にすれば、それは単なる刺激的な娯楽だった。

苦しさに耐えかねて泣けば、よけいに彼らは手を叩いて喜んだ。

「殴られたり、蹴られたり、実際に暴力をふるわれたわけではなかったけど、そんなことをずっと繰り返されたら、少しずつ心が死んでいくの」

思い出すのか、彼女の声は震えていた。

そんな生活の中、彼女はひとりの同級生に憧れたと言う。

「彼女も、わたしと同じように苛められていた。だのに、彼女はいつも、まっすぐ前を向いて、どんな罵声《ばせい》を浴びせかけられても、そちらの方すら見なかった。足を出して、転ばされても、後ろを振り向くこともせず、立ちあがって歩き出した。とても強い人だと思った」

彼女の名は、津田麻理恵。

「その頃、津田さんはもう映画に出ていて、だから苛められていたんだと思うけど、その一方で、だから、あんなに強くいられるんだと思った」

多くの人から、憧れの目で見られる女優という仕事。彼女は、同級生から苛められても、その何十倍もの人たちから愛されている。だから、あれほどまでに強いのだ。

「だから、わたしも彼女みたいになりたかった」

それは違う。ぼくは心で訴える。津田麻理恵は、なにも強くない。きみと同じように苛めに傷ついて、苦しんでいた。ただ、少しでも傷を軽くしようとしてとった行動が違うだけだ。

だが、彼女の話を遮ることもできず、ぼくは言いたいことをそのまま飲み込んだ。

それで、彼女は芸能界へと入ったのだと言う。家族の反対を押し切って、絶縁状態にまでなりながら。

できるだけ明るく、みんなの注目を浴びるように振る舞って、仕事を続けた。多くの人々から愛されれば、津田麻理恵のように強くなれると思ったから。

「少しずつ、仕事がきて……津田さんにはかなわないけど、テレビとかＣＭにも出られるようになって、それがとてもうれしかった」

そうして、津田麻理恵と、映画で共演できるまでになった。

「会ったら、会えたら、言おうと思っていた。わたしのことなんて、覚えていないだろうけど、あなたに憧れて、ここまできたんだって」

だが、彼女を変えた事件は、ある夜に起こったのだという。

彼女はその日オフで、ひとりで買い物に出て、電車に乗った。それまでは、街を歩いていて、気づかれたり、声をかけられたりしたことなどあまりなかったし、あっても控えめなものだった。

そのとき、電車の向かいの席に、男子高校生のグループが座っていたという。彼らは彼女を見て、こそこそと話をはじめた。そうして、聞こえよがしに言ったのだという。「出水梨央って、ブスだよなー」と。

「だって、それは……」

恵さんがなにかを言いかけようとしたのを、力先生が止めた。恵さんが言おうとしたことは、わかった。たぶん、彼らはグラビアなどで目にした女の子を目の前にして、声をかけてみたくて、でも照れくさかったのだと、ぼくも思う。

だが、彼女は動揺して、目をそらした。それが彼らを刺激したのかもしれない。彼らは立って、彼女を囲んだ。そうして口々に言ったという。

「ブス、ブース」

「気取ってんじゃねえよ」

「ほら、乳寄せてみろよ」

「おめーみたいなブスが、気取ってテレビ出てんじゃねえよ」

怯えて、席を移動しようとすると、彼らはついてきた。そうして、声をあげて笑いながら、同じことを繰り返したという。

「中学生のとき、わたしを苛めた男の子たちと、同じ口調だった。それが楽しくて仕方ないような声で、何度も笑った」

彼女は苦しげにそう呟いた。

「それで、わたし気づいたの。自分が今まで誤解していたことに」

芸能人がみんな愛されて、憧れられているわけではない。揶揄《やゆ》されて、嫌われて、莫迦にされて、そんなことだっていくらでもあるのだ。

「当たり前だ。でも、愛されている人だってたくさんいるし、心配することなんかない。そんなふうに、何度も自分に言い聞かせた。でも、それから、人前に出ることが恐ろしくてしょうがなくなって……」

中学を卒業してから、そんなあからさまな悪意に晒《さら》されたことなどなかったのに、電車で会った少年たちは、彼女への悪意を隠そうともしなかった。

「タレントだから……テレビに出ているから……あいつらにとっては、玩具《おもちゃ》みたいなもので、傷つけても笑ってもいいんだ、そんなふうに思っているように感じたの」

彼女は下を向いてそう言った。

そんなことはない、そう言いたいと思ったけれど、ことばには出せなかった。彼女の言っていることは、たしかにある意味、本当かもしれない。

スポットライトを浴びる人たちに、普通の人たちは憧れを感じるが、その一方で、平気で石を投げ、指さして笑う。そんなことをしても、彼らは傷ついたりしないような気がするから。

「わたし、勘違いしていた。わたしみたいに、愛されたいだけの人間は、そんな道を選んじゃいけなかったの。津田さんだって、本当は憧れられていただけじゃなくて、同じような目にも遭っていたかもしれないのに、わたし、ただ、きれいなところだけ見ていた」

彼女の唇は小刻みに震えた。

「だから、マネージャーに言ったの。わたしが勘違いしていたって、もうやめたいって」

少なくとも、不特定多数に名前と顔を知られなければ、見知らぬ人から、ことばの石を投げられることなどない。大人の世界なら、子供たちのようなひどい苛めが繰り返されることも少ないだろう。

「だのに、木下さんは鼻で笑った。チャンスをつかんだばかりなのに、なにを言っているんだって。やめることなど絶対に許さないって」

木下が、なぜそう言ったのかも、ぼくにはわかった。彼はそのレールからこぼれ落ちた人間だった。彼にとっては、彼女が、成功への切符を手にしたのに、なぜそれを捨てたがるのか、理解できなかったのだろう。そうして、それを傲慢《ごうまん》だと感じた。手に入れられなくて、それなのに心の底から欲しいと思っている人間が、いくらでもいるはずなのに。

「もう、あと一度だって、テレビに映るのも怖かった。それなのに、どうしても、やめさせてくれないから、髪を切ったの。トレードマークだと言われていた髪、とても大切にしていて、毎日時間をかけて手入れしていたけど、そんなことはもう、どうでもいいと思った」

恵さんの目が大きく見開かれた。ひどく驚いた様子だった。

「自分で切ったの……?」

「ごめんなさい……黙っていて」

恵さんは苦笑した。

「よう考えたら、いずみちゃん、一度も人に切られたなんて言うてへんかったもんね。勝手に誤解したのは、わたしか」

彼女は話を続けた。

「でも、髪を切っただけではやめさせてくれなくて……だから、逃げたの。荷物も持たずに部屋を飛び出して、どうしていいのかわからないで、ふらふらしていた夜に、おねえさんと出会った。おねえさんは、優しくて……それがすごくうれしかった」

思い出したのか、彼女の目から大粒の涙がこぼれる。

「知らない人から、そんなふうに優しくされたことなんかなかったし、おねえさんと一緒にいたいと思ったの。だから、帰るところなんかないって嘘をついた。帰ったら、殺されるかもしれないって……」

「いずみちゃん……」

恵さんは少し困ったような顔で、彼女を見つめていた。

「本当に、ごめんなさい……」

「それはいいけど……、あの頭の傷はどうしたの？」

「……おねえさん、疑っていたみたいだったから……自分で壁やテーブルにぶつけて……」

「呆れた」

恵さんは笑ったけど、腹を立てたわけではないようだった。

「ごめんなさい、こんなに嘘ばかりついて、嫌われても仕方ないよね……」

「別に嫌いになんかならへんよ。実をいうと、最後の方で気がついたから」

「え？」

驚いたように目を見開いた彼女に、恵さんは言った。

「いずみちゃんの身体に触れたとき、気づいたの。この身体は自分のことを責《せ》めている人間の身体だって。自分で自分を追いつめている人間の身体だって。だから、なんとなく見当がついた」

恵さんは、くすくす笑った。梨央はまた、話し始める。

「自分でもどうしていいのか、わからなかった。でも、おねえさんがわたしのこと、本当に心配してくれていたから、嘘つくのが苦しくなってきたの。それで、大阪に行って、力先生に会って、整体を受けて話を聞いてもらって思った。おねえさんに本当のことを話さなきゃならないって」

ぼくはちらりと力先生の方を睨んだ。先生は知っていたのだ。出水梨央のことを。

「きちんと話そうと思って帰ってきたら、おねえさんが怪我してて、またなんだかわからなくなってしまったんです」

恵さんは、そのことを思い出したのか、眉間に皺を寄せた。

「あの男はいったい……」

「おねえさんに泊めてもらったばかりのとき、外に出て声をかけて、代わりに電話をしてもらったの。事務所に、『もう帰らない』ということだけ伝えてもらうために。それから、わたしの携帯にもかけて、怪しいことを言ってもらったの。わたしの嘘を信じてもらうために……ただ、それだけだった」

それなのに、そのとき彼女が言った「助けてほしい」ということばに、彼は過剰な反応を示した。もともと、梨央のファンだったという。自分は彼女を助けたから、彼女は自分に感謝をするべきだ。感謝をして、好意を抱くべきだ。そんなふうに思いこんだのだ。

もしかすると、事務所が梨央は誘拐されたと思いこんだのも、彼の電話のせいかもしれない。

「声が一緒だったと聞いて、まさか、と思った。でも、もし、そうなら確かめなきゃ、と思って、今朝、ここを抜け出して、前のホテルに戻ったの。あの人はいたけど、やっぱりわけのわからないことを言っていて、無理矢理車に乗せられて、自宅に連れて行かれた。なんとか隙を見て逃げ出したけど、コートがそのままで……」

「それで、わたしが携帯に電話して、誘われて行ってしまったのね。もう少し、慎重になればよかった」

恵さんは顎に手を当てて、苦笑した。

「ごめんなさい。本当に、おねえさんには迷惑をかけて、嘘までついて……」

「ええよ、もう」

恵さんは優しく言って、彼女の髪をがしがしとかきまわした。

「ええけど、いずみちゃんは、これからどうするの？」

「……わたし……？」

彼女の目が、宙に泳ぐ。ふいに、力先生が言った。

「自分、ここに寝ろ」

ぽんぽんと片方のベッドを叩いて、梨央に言う。梨央は不思議そうな顔をしながら、それでもベッドに俯せになった。

力先生は、彼女の頭に手を伸ばした。ぐっと押す。

「わかるやろう。ここが自分の頭や」

恵さんと歩ちゃんもきょとんとしている。先生がなにを言おうとしているのかわからないのだろう。ぼくだって同じだ。

「大きく深呼吸してみい。そうしてここが自分の背中」

先生の手が彼女の背骨を押さえていく。

「わかるか。自分の身体の、ほんまの大きさがわかるやろう。小さいもんや。世界の中のほんのほんの小さな小さな一部や」

彼女はかすかに頷いた。

「なあ。ここを傷つけられへん限り、自分は絶対に傷つかへんねん。わかるか？ おまえをテレビや映画で見た人間が、いくらそれに向かって、石を投げたり、切りかかったりしても、身体を傷つけることなんかでけへん。おまえの身体は、こんなに小さいんやから」

先生はひどく穏やかな声で話し続けた。ぼくたちは催眠術にかかったようにそれを聞く。

「心かて、同じことやとおれは思う。嫌なことを言われたら、そりゃ腹も立つし、悲しいわな。だから、泣いたり、怒ったりしてええけど、それでも、そんなことで、ほんまに大事な部分が傷ついたりはせえへんと、おれは思う。おまえのことをほんまに知っていて、おまえがほんまに好きな人間だけが、おまえの大事な部分を傷つけることができる。ほかのやつが、いくら石を投げたところで、それはただ、見当はずれのところに飛んでいくだけなんや。それがわかったら、ただ石を投げられたというだけで、怯えんでも済むんやないか」

力先生が言うことは、ひどく遠くてわかりにくかったけど、それでもわずかに手が届いて、理解できそうな気がした。

彼女はいつの間にか泣いていた。枕に顔を埋めて、肩を小刻みに震わせる。

先生は、彼女の髪をぐしゃぐしゃにした。

「ぶっちゃけていえば、自分と何人かの友達だけ、自分のことを好きやったら、人生なんてうまいこと行くもんやで。おれはそう思っている。それとな、もうひとつだけ、ええことを教えてやろう」

力先生の声が響く。

「他人を傷つけずにはいられない人間はな、そんなことをせえへんで生きられる人間よりも、ずっとずっと不幸なんや。いくら笑っていて楽しそうにしていても、後悔なんかしてへんように見えても、金持ちでも、美人か男前でも、ずっと哀れなやつらなんや。わかるか?」

彼女は首を横に振った。

「そいつらは、他人を傷つけているようで、自分を鬼みたいなもんに、食わせているんや。ある日、自分のやったことを振り返ったとき、自分の中を鬼が食い荒らしていることに気づいて茫然とするか、もしくはすべてを鬼に食われてなにもなくなってしまうか、そのどちらかしかあらへんねん。わかるか」

先生は彼女の肩をぽん、と叩いた。

「だから、無闇に怖がらんでええ。ほんまに怖いものは、そんなに多くないんやから」

彼女は何度も頷いた。ぼくは、先生のことばを反芻《はんすう》し続ける。

恵さんも歩ちゃんも、ずっと黙っていた。

その後、だれも口を開くものはいなかったけど、沈黙は少しも重くなかった。

そうして、夜が少しずつ明けていく。

終　章

新幹線の席を、ぐるりとまわして向かい合わせにした。四人だから、ちょうどいい。

わたしは窓際の席に腰を下ろした。力先生が向かいに座る。

歩と小松崎くんは、お弁当とビールを買いに行っている。歩が、今まで見たことのないほど楽しそうな顔で笑っていて、わたしは小松崎くんの力を知る。

彼がいてくれて、本当によかった。

ふいに、力先生が言った。

「よう帰ってきたな。悪運の強いやつめ」

「うん……」

わたしは笑った。胸が熱くなって、少し泣きたくなった。

わたしには帰る場所があって、待っていてくれる人たちがいる。

改めて思う。

彼女には帰るところがなく、だから、彼女はわたしの差し出した、小さな傘の中に飛び込んだのだろう。まだ若かったわたしが、帰り道、ひたすら遠回りを続けたときのような気持ちで。

それはきっと、街にあふれる喫茶店やコーヒーショップのような、ささやかで頼りないシェルターだったのだろう。どんなにささやかで、頼りなくて、永久にいるわけにはいかないことがわかっていても、それがあることで、そこでしばらく息をひそめることで、人は次に歩き出す力を得る。

けれども、わたしは知っている。本当に必要なのは、シェルターではなく、家なのだから。

彼女は自分の家を見つけださなくてはならない。自分の力で、自分の選択で。

歩と小松崎くんがお弁当の袋を持って、席に着く。出発のアナウンスが車内に響いた。

力先生は、新聞を顔に載せて、眠る体勢に入った。

わたしは疑問を口に出した。

「先生、どうしていつも、電車に乗ると寝るんですか?」

なぜか歩と小松崎くんが、ぷっと噴《ふ》きだした。先生は新聞を取って小松崎くんを睨み付けた。

「おまえら、ええかげんにせえよ。弱いんやなくて、嫌いなだけじゃ!」

「なにも言ってへんやないですかー」

「なになに？」

「言うな。言ったら承知せえへんぞ！」

笑っているうちに、新幹線はホームから動き出す。力先生はまた新聞を顔に載せた。

わたしは窓の外を眺めた。

彼女はこれから、どの道を選ぶのだろう。やめるにしろ、続けるにしろ、きちんと考えてから決める。彼女はそう言った。もう後悔などしないように。

「もし、行くところなかったら、大阪にきてもええんよ」

そう言うと、彼女は照れくさそうに笑って、そうして頷いた。

どんな形であれ、彼女の未来が、明るいものであるといい。

歩と小松崎くんはまだ笑っていた。

「どうしたの？」

「恵さん、ええこと教えてあげましょうか」

今度はなぜか歩が、もうー、とか言って怒っている。

「なに？」

「昨日、出水さんが喋っているとき、歩ちゃん、ずっとむすっとしてたの気づいています？」

「だから、違うってば」

「気がつかなかった」

「歩ちゃん、出水さんにやきもち妬《や》いてたんですよ」

「え……？」

わたしは驚いて、歩の顔を見た。歩は少し赤くなって、顔を背けた。

「恵さんを取られたような気がしたんですって」

「いいよ、もう、小松崎さんのお喋りー」

歩がふくれて、そっぽを向く。小松崎くんはあわてて、歩をなだめはじめた。

わたしは窓の外に目をやった。景色がすべらかに流れていく。

まだ、子供のとき、わたしたちは知った。世界が自分たちに決して優しくはないことを。

それでも今、思うのだ。

もしかしたら、わたしたちが考えていたよりも、世界は少しだけ優しいのかもしれない、と。

（本書は平成十八年に小社より刊行された作品の新装版です）

Shelter

一〇〇字書評

切り取り線

購買動機（新聞、雑誌名を記入するか、あるいは○をつけてください）	
□（　　　　　　）の広告を見て	
□（　　　　　　）の書評を見て	
□ 知人のすすめで	□ タイトルに惹かれて
□ カバーが良かったから	□ 内容が面白そうだから
□ 好きな作家だから	□ 好きな分野の本だから

・最近、最も感銘を受けた作品名をお書き下さい

・あなたのお好きな作家名をお書き下さい

・その他、ご要望がありましたらお書き下さい

住所	〒				
氏名		職業		年齢	
Eメール	※携帯には配信できません	新刊情報等のメール配信を 希望する・しない			

この本の感想を、編集部までお寄せいただけたらありがたく存じます。今後の企画の参考にさせていただきます。Eメールでも結構です。

いただいた「一〇〇字書評」は、新聞・雑誌等に紹介させていただくことがあります。その場合はお礼として特製図書カードを差し上げます。

前ページの原稿用紙に書評をお書きの上、切り取り、左記までお送り下さい。宛先の住所は不要です。

なお、ご記入いただいたお名前、ご住所等は、書評紹介の事前了解、謝礼のお届けのためだけに利用し、そのほかの目的のために利用することはありません。

〒一〇一－八七〇一
祥伝社文庫編集長　坂口芳和
電話　〇三（三二六五）二〇八〇

祥伝社ホームページの「ブックレビュー」からも、書き込めます。
www.shodensha.co.jp/bookreview

祥伝社文庫

Shelter《シエルター》　新装版

令和 2 年10月20日　初版第 1 刷発行

著　者　近藤史恵《こんどうふみえ》
発行者　辻　浩明
発行所　祥伝社《しょうでんしゃ》
東京都千代田区神田神保町 3-3
〒101-8701
電話　03（3265）2081（販売部）
電話　03（3265）2080（編集部）
電話　03（3265）3622（業務部）
www.shodensha.co.jp

印刷所　萩原印刷
製本所　ナショナル製本
カバーフォーマットデザイン　芥　陽子

Printed in Japan ©2020, Fumie Kondo　ISBN978-4-396-34677-5 C0193

祥伝社文庫の好評既刊

近藤史恵　カナリヤは眠れない

整体師が感じた新妻の底知れぬ暗い影の正体とは？　蔓延する現代病理をミステリアスに描く傑作、誕生！

近藤史恵　茨姫《いばらひめ》はたたかう

ストーカーの影に怯《おび》える梨花子《りかこ》。整体師合田力《ごうだりき》との出会いをきっかけに、初めて自分の意志で立ち上がる！

近藤史恵　スーツケースの半分は

あなたの旅に、幸多かれ――青いスーツケースが運ぶ〝新しい私〟との出会い。心にふわっと風が吹く幸せつなぐ物語。

恩田　陸　不安な童話

「あなたは母の生まれ変わり」――変死した天才画家の遺子から告げられた万由子。直後、彼女に奇妙な事件が。

恩田　陸　puzzle〈パズル〉

無機質な廃墟の島で見つかった、奇妙な遺体！　事故？　殺人？　二人の検事が謎に挑む驚愕のミステリー。

恩田　陸　象と耳鳴り

上品な婦人が唐突に語り始めた、象による殺人事件。彼女が少女時代に英国で遭遇したという奇怪な話の真相は？

祥伝社文庫の好評既刊

恩田　陸
訪問者
顔のない男、映画の謎、昔語りの秘密――。一風変わった人物が集まった嵐の山荘に死の影が忍び寄る……。

中田永一
百瀬、こっちを向いて。
「こんなに苦しい気持ちは、知らなければよかった……！」恋愛の持つ切なさすべてが込められた小説集。

中田永一
吉祥寺の朝日奈くん
切なさとおかしみが交叉《こうさ》するミステリ的表題作など、恋愛の〝永遠と一瞬〟がギュッとつまった新感覚な恋物語集。

中田永一
私は存在が空気
存在感を消した少女は恋を知り、引きこもり少年は瞬間移動で大切な人を救う。小さな能力者たちの、切ない恋。

中山七里
ヒポクラテスの誓い
法医学教室に足を踏み入れた研修医の真琴《まこと》。偏屈者の法医学の権威、光崎《みつざき》とともに、死者の声なき声を聞く。

乃南アサ
微笑《ほほえ》みがえし
幸せな新婚生活を送っていた元タレントの阿季子《あきこ》。が、テレビ復帰が決まったとたん、不気味な嫌がらせが……。

祥伝社文庫の好評既刊

乃南アサ　幸せになりたい

「結婚しても愛してくれる?」——その言葉にくるまれた「毒」があなたを苦しめる! 傑作心理サスペンス。

乃南アサ　来なけりゃいいのに

OL、保育士、美容師……働く女たちには危険がいっぱい。彼女たちの哀歌を描くサイコ・サスペンスの傑作!

林　真理子　男と女のキビ団子《だんご》

中年男と過去に不倫中、秘密の時間を過ごしたホテル。そのフロントマンに、披露宴の打ち合わせで再会し……。

原　宏一　佳代《かよ》のキッチン

もつれた謎と、人々の心を解くヒントは料理にアリ? 「移動調理屋」で両親を捜す佳代の美味しいロードノベル。

原田マハ　でーれーガールズ

漫画好きで内気な鮎子《あゆこ》、美人で勝気な武美《たけみ》。三〇年ぶりに再会した二人の、でーれー(ものすごく)熱い友情物語。

東野圭吾　ウインクで乾杯

パーティ・コンパニオンがホテルの客室で服毒死! 現場は完全な密室。見えざる魔の手の連続殺人。

〈祥伝社文庫　今月の新刊〉

五十嵐貴久
波濤《はとう》の城
沈没寸前の豪華客船、諦めない女消防士の救出劇。

原田ひ香
ランチ酒
料理と酒に癒される、珠玉の人間ドラマ×絶品グルメ。

青柳碧人
天使のアイディア
少女の仕掛ける驚天動地のトリックが捜査を阻む！

福田和代
いつか夜は明けても　S&S探偵事務所
最強ＩＴ探偵バディが人口激減を企むハッカーに挑む。

草凪　優
人殺しの血
「父親の罪が俺を怪物にした」男と女の逃避行はじまる。

近藤史恵
Shelter　新装版
体の声を聞き、心のコリをほぐす整体師探偵シリーズ第三弾。

笹沢左保
霧に溶ける
完全犯罪の企みと女の狂気、予測不能のミステリー。

鳥羽　亮
剣鬼攻防　介錯人・父子斬日譚
父を殺され、跡を継いだ若き剣士が多勢の賊を討つ！

今月下旬刊　予定

あさのあつこ
人を乞《こ》う
父の死後、兄弟が選んだ道とは。感動のシリーズ完結編。

黒崎裕一郎
必殺闇同心　娘供養　新装版
〈闇の殺し人〉直次郎が消えた娘たちの無念を晴らす。

今村翔吾
襲大鳳《かさねおおとり》（下）　羽州ぼろ鳶《とび》組
尾張藩邸を猛火が襲う。現れた伝説の火消の目的は？

夏見正隆
TACネームアリス
地の果てから来た怪物（上）
日本海に不審な貨物機が。F15Jが確認に向かうが…。

夏見正隆
TACネームアリス
地の果てから来た怪物（下）
国籍不明のF15が空自機を撃墜！　その狙いと正体とは！

小杉健治
白菊の声　風烈廻り与力・青柳剣一郎
悪人の見る悪夢の正体は？　剣一郎が冤罪に立ち向かう。

野口　卓
承継のとき　新・軍鶏侍
元服した源太夫の息子は、剣を通じて真の友を見出す。